死亡賦格

西洋經典悼亡詩選

Poems of Mourning

張綺容
編譯、賞析

目錄

{輯一} 死亡與我　　　　023

{輯五} 獻給名人 229

以詩歌面對生死——
序張綺容輯譯《死亡賦格》

單德興（中央研究院歐美研究所特聘研究員）

　　生死乃世間大事。「有生必有死」雖為宇宙定律，然而人們對於死後世界因無所知，而有所懼，因此佛家有四苦、五怖畏之說，「死苦」、「死畏」俱在其中，哈姆雷特面對生存的困境則有 "To be or not to be" 之疑懼躊躇，此皆人之常情。尤其逝者為至親、情人、知交以及崇敬之人時，生者難免覺得自身生命的重要部分也隨之永逝，心靈衝擊多年難以平復。再則，隨著年歲增長，也不得不直面生命有時而盡的事實，以及時不我予的迫切感。處於如此存在狀態，一般人往往心有所感，卻難以適切表達，抒發感受思緒，一吐胸中塊壘。

　　詩歌是最精練的語言。詩人以敏銳的覺受，細密的思維，高超的文字造詣，精巧的布局謀篇，出人意表的比喻，把人類面對生死大事的情境，藉由特殊事件觸引，發而為文，提醒人們「牢記終將一死」（"memento mori"）。這些詩歌不僅協助詩人梳理思緒，抒發情感，安撫心靈，也讓處於類似情境中的芸芸眾生，藉由他們

的文字，達到疏導、撫慰、昇華、超越的作用。因此，弔文與悼詩便成為重要的文學類別。《文心雕龍》固有「誄碑」、「哀弔」之類，西洋文學傳統也有悼亡詩（lament）、輓歌（dirge）、哀歌（elegy）之屬。雖然傳統各異，分類有別，但情真意切、文妥辭當的要求則一。至於高僧大德的臨終詩偈，更是一生修為的自然流露，固無意於辭章，但生死交關揭示的體會證悟，更引人深思。

西洋詩歌悲悼的多樣面貌

　　《死亡賦格》收錄了張綺容自西洋文學傳統中輯譯的 40 首詩歌，按悼亡對象分為五輯（死亡與我、悲悼愛人、緬懷故友、悼念親情、獻給名人），每輯收錄七至九首，展現古今西洋詩人筆下對於親情、愛情、友情的悲悼緬懷，對於名人的景仰哀思（唯一例外是綏夫特〔Jonathan Swift〕對已故政敵的諷刺與幸災樂禍），以及詩人自身對於死亡的冥思想像。

　　全書蒐羅之廣博多樣，由詩人的時代、國籍、語文得以略窺一二。40 位詩人上起西元前三世紀、首開西方悼亡詩傳統的希臘詩人西奧克里特斯（Theocritus），下至二十世紀的歐美男女詩人，前後兩千兩百餘年*。就

---

* 依出生年代統計，西元前詩人一位，十六世紀詩人兩位，十七世紀

8

國籍而言，本書以英國詩人最多，總計 20 位，其次為美國詩人 13 位，歐洲詩人六位，墨西哥詩人一位。其中不乏文學史上的名家與桂冠詩人，也有一些非經典的作家，包括吟誦詩人、報端詩人、反戰詩人；有人生前窮困潦倒、鬻文為生（如愛倫坡〔Edgar Allen Poe〕），甚至有人因逢政治獨裁慘遭殺害（如羅卡〔Federico Garcia Lorca〕），這些詩作絕大多數為一再斟酌、千錘百鍊之作，但也有原先無意為詩的佈道詞（霍蘭德的〈死亡沒什麼大不了〉〔Henry Scott-Holland, "Death Is Nothing at All"〕），或臨時寫在牛皮紙袋的文句（弗萊的〈不要站在我的墳前哭泣〉〔Mary Elizabeth Frye, "Do Not Stand at My Grave and Weep"〕），但都因其獨特的觀照而收錄書中，可見死亡議題深入人們日常生活，無所不在。

不僅如此，全書並囊括英國文學史上四大輓詩，俱為哀弔故友之作：密爾頓的〈李希達〉（John Milton, "Lycidas"）、雪萊的〈艾朵尼〉（Percy Bysshe Shelley, "Adonais"）、丁尼生的〈追憶哈倫〉（Alfred Tennyson, "In Memoriam A. H. H."）、阿諾德的〈瑟西士〉（Matthew Arnold, "Thyrsis"）。這些代表作由於篇幅較長（如〈艾朵尼〉全詩 55 節，〈追憶哈倫〉更前後撰寫長達 17 年、

詩人三位，十八世紀詩人八位，十九世紀詩人 22 位（蔚為大宗），二十世紀詩人四位。

總計 133 章），書中只是摘譯，供讀者品嘗一二，有意者可循此進一步閱讀。讀者若依附錄的詩作列表順序閱讀，宛如一覽西洋悼亡詩小史及其代表作。

再就思想而言，西方思想兩大源頭為希臘與希伯來的傳統，前者見於希臘神話，後者見於《聖經》。悼亡詩既為西方文學傳統的一支，自然承繼此二大傳統，反映出其中的生死觀。希臘的生死觀體現於西奧克里特斯的牧歌中，其中出現的多位神祇表徵了泛神觀，而主角之英年早逝使得天地震撼、人神同哀、河山變色、草木含悲，這些都成為悼亡詩的成規（convention）。至於另一大傳統的基督教，即使面對死亡的現象，心中至為哀痛不捨，但藉由永生的信仰與天家的盼望，終能提供自己和他人某種程度的慰藉，因此本書出現若干基督宗教神職人員，如鄧約翰（John Donne）、茵內斯修女（Sor Juana Ines de la Cruz）、綏夫特、霍蘭德，並不意外。布雷克（William Blake）與葉慈（William Butler Yeats）則有個人獨特的宗教經驗與神話系統。至於密爾頓的〈李希達〉更是結合了希臘牧野輓詩的成規以及基督宗教的意象與信仰，「公認是英國文藝復興時代牧野輓歌中登峰造極之作，為華文詩人余光中欽點為英文悼詩之首」（參考頁 117）。

從翻譯到輯譯，從解析到再創造的挑戰

本書輯譯者張綺容為科班出身，自幼嗜讀中文群籍，於臺灣大學外文系接受外國語言與文學的訓練，對於西洋文學傳統，包括牧歌，具有相當程度的體認。就讀臺灣師範大學翻譯研究所碩士班與博士班期間，多方接觸翻譯理論，出入於諸多門派之間，窺探箇中奧妙，打下良好的論述基礎。此外，她並與人合著有關英中／中英筆譯之技巧與文體的教科書五部。因此，張綺容掌握了理論主張、翻譯史實例以及翻譯教學演練，擁有更廣闊的視野與更多元的選項，有利於她面對輯譯特定主題詩歌的嚴峻挑戰。相較於她以往的譯作，輯譯賦予張綺容更大的揮灑空間，以及隨之而來的責任，因為挑選作品這件事本身就是一門學問，涉及當事人的興趣、見地與能力。

本書的主題為悼亡詩，在西方文學傳統中的佳作不勝枚舉，輯譯者自其中挑選出 40 篇，上下兩千多年，橫跨歐美兩洲，格式更是不一而足。較為古典者多為格律之作，謀篇之間有規矩、脈絡可循。嚴謹的格律與韻腳，固然方便讀者就形式上檢視譯詩的忠實程度，然而僅止於初步的審視，內容的信達、節奏的掌握、文字的肌理等等則是進一步考驗。較晚近的詩作，如自由詩（free verse），即使不再嚴守格律，但蘊涵內在結構與

節奏，儘管看似自由，其實更不易掌握，必須反覆吟詠，方能有所領會。凡此種種形式與內容，在轉化為另一種語文時都殊為不易。

從本書「賞析」中對文學傳統的介紹，詩歌成規的說明，各類詩體的分析（包括入選最多的十四行詩〔sonnet〕之不同類型），可知譯者相當能夠掌握這些詩作的傳統與文體的特色。然而，這只是了解原作的基本功，分析、講解原詩，是每位外文詩歌老師課堂必做之事，至於適切地以另一種語文傳達，則須仰賴高明的譯者方能見其功。

因此，譯者的職責便在於將這些迷人、有趣之處，藉由另一種語文再創。閱讀本書便會發現，譯者在中譯格律詩時，尋求再現原詩的格律，包括行長（如每行音節數）與韻腳（如雙行體〔couplet〕或十四行詩），但儘量維持遣詞用字的自然靈動，很能貼近當今讀者的閱讀習慣。換言之，本書採取的是歸化、「接地氣」的翻譯策略。此外，為了精要、自然、生動、琅琅上口，譯者並不忌諱使用文言、白話、甚至口語的用字或句法，顯示出翻譯過程中的膽識與巧思。至於譯文文本之外的相關脈絡與資訊，本書則藉由譯序、賞析與文字方塊等附文本（paratext）補充，發揮相輔相成之效，以期讀者能進入這些悼亡詩本身，以及詩人的生平與內心世界。

譯文與選介精采處

翻譯由於原文俱在，讀者的解讀詮釋難免有所出入，譯者的轉化與再創造更是各顯本領，翻譯的成果往往見仁見智，詩歌翻譯尤其如此。由張綺容對於各詩的賞析，可知她對於詩人與原詩的掌握；在翻譯格律時雖有意維持，但也不願因此損及譯文的自然，取捨之間甚費斟酌；至於一些用字，更可看出其翻譯策略及語文修養。如惠特禮的〈悼五歲的小淑女〉（Phillis Wheatley, "On the Death of a Young Lady of Five Years of Age"）中譯在形式上並未亦步亦趨，但基本維持詩型的齊整（將每行十音節轉化為九字），有些雙行體加碼到四行押韻，用字則力求平順自然。

又如惠特曼（Walt Whitman）的詩作一向以元氣淋漓著稱，〈船長！我的船長！〉（"O Captain! My Captain!"）表達了他對於解放黑奴的總統、偉大的「船長」林肯之衷心愛戴崇敬，中譯努力傳達此詩的氣勢，以「近了」、「響了」處理原詩 "near" 與 "hear" 的行中韻（internal rime），而「多決絕」、「多威武」則是中譯特意增添的效果，朗誦起來簡短有力。霍蘭德的〈死亡沒什麼大不了〉，原為佈道詞的一部分，平易近人的語句深入人心，後來被當成詩來閱讀，甚至還有日本插畫家高橋和枝日譯的繪本。中譯則維持了口語的特色。

除了翻譯文本之外，身為「『輯』譯者」，張綺容也利用此一角色及其「特權」，帶入其他方面的關懷，如本書特色之一的性別意識。由於人類歷史上對女性的歧視與壓抑，致使女作家被納入世界文學史的數量低得不成比例，有些「不甘雌服」的作家，甚至必須化名男性來從事文學創作（如布朗忒〔Charlotte Brontë〕）。本書入選的 40 位詩人中，女性有 11 位，包括英美詩人惠特禮、白朗寧（Elizabeth Barrett Browning）、羅塞蒂（Christina Georgina Rossetti）、布朗忒、狄瑾遜（Emily Dickinson）等，將近三成，高於女作家在一般文學史與文學選集裡的比例。

　　輯譯者筆下所呈現的女詩人生平與寫作生涯，不僅讓人見識到她們為了從事文學創作敢於突破歷史限制與社會框架，更佩服她們的勇氣、決心、毅力與才華。對照她們的詩作，可看出這些女詩人在歷史、社會、意識形態的層層束縛下，面對生死大事時的感思與回應，以文字留下恆久的見證。依照時間順序閱讀她們的作品，未嘗不能勾勒出另類的西方悼亡詩傳統。

　　例如書中收錄非裔美國女詩人惠特禮的〈悼五歲的小淑女〉，不僅以基督教信仰提供讀者面對死亡的一種選擇與撫慰，其中蘊含的族裔、階級、性別意識，及其翻轉之深意（非裔美國文學一向著重文字的顛覆性與文

學的政治性），也值得翫味。

此外，全書提到不少由文字轉化為其他媒介的符際翻譯（intersemiotic translation），遍及音樂、戲劇、電影，進入大眾文化的場域：如弗萊的〈不要站在我的墳前哭泣〉由日本作曲家新井滿翻譯為〈千風之歌〉（又譯〈化為千風〉）、譜曲，並贏得 2007 年度單曲榜冠軍（參考頁 206）；奧登的〈葬禮藍調〉（"Funeral Blues"）納入他與伊薛伍德合編的劇本《攀上 F6 高峰》（Ascent of F6），於舞台演出，後來並由寇蒂斯納入電影劇本《妳是我今生的新娘》（Four Weddings and a Funeral）（參考頁 108）；惠特曼的〈船長！我的船長！〉成為羅賓・威廉斯（Robin Williams）主演的《春風化雨》（Dead Poets Society）中反覆出現的母題（參考頁 244）；愛倫坡的〈安娜貝爾麗〉（"Annabel Lee"）更啟發了幾十種不同的傳唱版本、納博科夫的小說《蘿莉塔》（Lolita），以及格里菲斯的恐怖片《復仇之心》（The Avenging Conscience）（參考頁 79）。

凡此種種都可滙歸為姐妹藝術（Sister Arts）與文化研究（Cultural Studies）的範疇，有興趣者可按圖索驥，細究這些詩作如何被翻譯成不同的符號媒介，繼續發揮感人肺腑的效應。再者，詩歌特重節奏與音韻，讀者若能上網聆聽觀賞朗誦的錄音或錄影（附錄有列出相關影

音 QR Code），反覆吟詠外文詩作與中文翻譯，對於中外雙語的呈現方式當有更深切的體會。

穿越時空的同理共感

　　好詩在不同時代都有人翻譯，這種重譯現象史不絕書，涉及「先跨」與「後跨」。書中提到徐志摩翻譯羅塞蒂的〈歌〉（"Song"）、朱湘翻譯鄧約翰的〈死〉（"Death, Be Not Proud"）、戴望舒和楊牧翻譯羅卡的詩作，以及胡適、周策縱、李敖的譯詩，看似信手拈來，實則來自輯譯者厚積薄發的翻譯史功力，才能如數家珍，恰如其分，讓人得以認識其中的文學翻譯因緣。

　　生為偶然，死為必然，眾生在死亡面前一律平等，不再有性別、階級、種族、時代、地域之別。理雖如此，然唯有太上才能忘情，凡夫俗子面對至親、情人、好友、名人的死亡，或自身瀕臨生死關卡的威脅與想像，心中的恐懼、惶惑、不甘、不捨難以清楚覺知，明白言喻，遑論澄淨心思，以文字傳達。值此之際，詩人秉其錦心繡口，以詩歌介入生死兩端，為起伏的心念造像紀錄，從一時一地一人一事的殊相出發，向內外求索而遍及世間的共相，表達出芸芸眾生面對大限時的悸動，既緬懷死者，也撫慰生者，將個人參詳所得之箇中奧秘，轉化為精妙的詩文，再藉由翻譯傳達到不同的語境，讓世人得以穿越時空同理共感，省思人生在世的實相，長養哀矜悲憫的胸懷。文學之為用大矣！

2019 年 6 月 15 日
臺北南港

踏入西洋獨特的悼亡詩世界

死亡是一潭淚水，東方詩人耽溺其中，西方詩人從中昇華。

另一種悼亡傳統與詩歌語境

西方悼亡詩展現出不同於華文悼亡文學的詩歌美學。它綿延兩千餘年，源頭可上溯至古希臘文明和基督教文化。

希臘神話將死亡擬人化為美少年陶納陀斯（Thanatos），他是睡神希普諾斯（Hypnos）的孿生兄弟，俊美的身影令人對死亡懷抱綺想。此外，古希臘詩人開創了牧野輓歌傳統，令眾神前來關心凡人的生死，使輕如鴻毛的小人物之死，引發天地變色、草木落淚，讓宇宙的溫柔共感，消融未亡人的傷悲。

基督教信仰特有的天國和永生觀，則讓人對死亡多了盼望、少了哀傷。在《聖經》故事中，亞當和夏娃背叛上帝吃了生命樹上的蘋果，因而遭上帝逐出伊甸園，直到生命終結才能重回神的永生國度，因此，對於基督

徒而言，人間的生與死都是原罪，人生在世必須贖罪，才能在死後通往天國，換言之，死亡並非生命的終結，而是超脫塵世紛擾、重返光明天家的途徑。正因為這份對永生的盼望，西方的悼亡詩多半悲中有望、望中有慰，呈現出恬靜超脫的宗教氛圍。

本書收錄了 40 首譯詩，統稱為「悼亡詩」，大多作於噩耗傳來的當下，底下可細分為在葬禮上朗誦的「輓歌」，以及用於追思死者、寬慰生者的「哀歌」。這些詩作或在告別式、追思會等公開場合朗誦，或以訃聞的形式發表於報刊，由於閱聽者大多是親朋好友，詩中對於往生者的事蹟往往隻字未提，詩人只藉著錦心繡口一吐胸中塊壘。詩文抽離了當下的時空，我們讀來不見飽蘸淚水的文字，只見對死亡的浪漫幻想與殷切盼望。

每一首詩，都化作一則生命的故事

這本西洋經典悼亡詩選的編排，依悼亡對象分為五輯，包括「死亡與我」、「悲悼愛人」、「緬懷故友」、「悼念親情」、「獻給名人」，每一輯錄前，筆者略敘選編想法與相應的文化源流。而除了挑選、翻譯詩作，筆者也同時為每篇作品撰寫賞析，解析其中的意涵、格律與典故。

為了重返悼亡現場、見證四十位詩人從淚潭中淬鍊文字，筆者多方瀏覽，爬梳了作者傳記、手稿、書信集、後世評論文集等文獻，帶領讀者貼近詩人提筆當下的心境，讓詩集裡的每一首詩，都化作一則生命的故事。讀者可從中一窺詩人／小說家私密的情感，包括美國懸疑小說家愛倫坡對嬌妻早逝的痛心，英國悲劇小說家哈代（Thomas Hardy）坐擁嬌妻、心懷亡妻的矛盾，西班牙詩人羅卡對藝術家達利（Salvador Dalí）的單相思，德國大文豪歌德（Johann Wolfgang von Goethe）三度與死亡擦肩後的豁達，美國詩人龐德（Ezra Pound）對小三香消玉殞的不捨。在死亡面前，小說家不再虛構故事，詩人們不再咬文嚼字，只以樸素的文句抒發真摯的感情。

　　悼亡詩作裡談的是死，緊接在後的賞析裡談的則是生。詩人由死觀生，讀者由生觀死，在閱讀這些悼詩的同時，也陪著四十位素昧平生的西方文人，走過他們生命中的死亡幽谷、感受生死帶來的悸動，在詩家妙筆生花、音韻鏗鏘處——死亡成了生命意境的延伸，走遠的故人得以借詩還魂，與生者一同逍遙於生死之外，將讀詩的剎那化為永恆。

從文字到朗讀的參照，從古到今的歷時閱讀

　　西洋詩歌之美，美在音韻錯落有致，而悼詩又多半

是為朗誦而生。為此，筆者在輯譯之餘，也從網路上眾多的詩歌朗讀音檔／影像檔，篩選出能彰顯作品之美的精華片段，在本書最末的詩作列表中，同時提供聆賞網址，讓讀者可以相互參照，更直接地感受西洋詩人以西方語言彈奏出的低吟淺唱與激越高亢。

對文學史感興趣的讀者，則可參照詩作年代，從西元前三世紀西奧克里特斯的〈牧歌一：達夫尼之戀〉開始，一路讀到 1945 年傑瑞爾的〈機腹槍手之死〉，前者講述深情少年達夫尼喪生在一片有情天地，闔眼時草木落淚、萬物同悲，傑瑞爾的詩作則描寫機腹槍手死於第二次世界大戰的空中戰場，屍首只能用高溫蒸氣沖洗出轟炸機的機艙。這兩首相距兩千餘年的詩作，對待死亡的態度截然不同，一有情、一無情，當中的細緻變化，或許可以從歷時閱讀中悠悠品味。

移植奇花異卉，芬芳中文詩苑

生死看似人生兩端，以生起、以死終，而哲人墨客往往心繫兩端之外，為芸芸眾生拈起生死試卷，探詢人生所為何來？扣問死後何去何從？騷人墨客器識弘曠，落筆珠璣，每發詩興作答，必留錦囊佳句，將千古大哉問凝練成掌中辭章，引領讀者從生觀死、從死論生，藉此尋求生命脈動的解答，讓死不僅熄滅生命，更再次點

燃生機，從而明白生死並存的道理。

　　如果將寫作比喻為筆耕，中文的悼亡詩除了結出滿穗淚珠，還有沒有其他排遣憂傷、抒發抑鬱的良方？相較於作家，譯者更像航向異域的探險家，將外地的奇花異卉帶回中文詩苑，期盼能結出一縷清香。

{輯一}

死亡與我

死亡是什麼模樣？西方詩人另有一番想像。在狄瑾遜的詩裡，死亡是文質彬彬的來訪紳士（gentleman caller），駕著馬車載著女詩人駛向永生。在鄧約翰的筆下，死亡是虛張聲勢的殺人魔王，詩人筆鋒凌厲，揭穿死神殺不死人的真相。而在歌德的〈死亡之舞〉裡，死亡在午夜的月光下手舞足蹈，引誘生者加入死亡的行伍。

　　西方的死亡有形有體，沾染著花朵的馥郁和草木的芬芳。在西方悼亡詩裡，詩人以花木入詩、以花語寄情，玫瑰是緘默之神（Harpocrates）與愛神丘比特之間的約定，代表守護名聲，絲柏（cypress）是美少年絲柏瑞斯（Cyparissus）的化身，代表永恆陪伴。克莉斯緹娜・羅塞蒂在〈歌〉中傾訴：「親親，當我死去，／哀傷的歌曲不必，／蒔植玫瑰無須，／絲柏遮蔭多餘」，詩人以「玫瑰」與「絲柏」寄語，溫柔敦請愛人切勿惦記。相較之下，莎士比亞的「快來吧、快來吧，死亡，／將我葬入悲傷的絲柏棺材；／飛去吧、飛去吧，氣息；／我被美麗的狠心少女殺害」，則以絲柏渲染哀傷，展現愛不到、毋寧死的任性。一樣花語，兩樣心情。

快來吧，死亡

莎士比亞

Come Away, Death (1602)

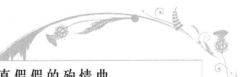

快來吧、快來吧，死亡，
將我葬入悲傷的絲柏棺材；
飛去吧、飛去吧，氣息；
我被美麗的狠心少女殺害。
潔白的壽衣上鋪滿了紫杉——
喔千萬記得縫製！
凡人皆難逃一死，但
誰死得比我真摯。

不要花、不要花，別讓
花朵的芬芳灑在黑色的棺木上；
朋友啊、朋友啊，別來
看我的骨灰落向我可憐的遺骸：
省下那千千嘆息，

將我葬在悲傷的真愛
找不到我墳頭
哭泣的所在！

Come away, come away, death,
　And in sad cypres let me be laid;
Fly away, fie away, breath;
　I am slain by a fair cruel maid.
My shroud of white, stuck all with yew,
　　O prepare it!
My part of death, no one so true
　Did share it.

Not a flower, not a flower sweet,
　On my black coffin let there be strewn;
Not a friend, not a friend greet
　My poor corpse, where my bones shall be thrown:
　A thousand thousand sighs to save,
　　Lay me, O, where
Sad true lover never find my grave
　　To weep there!

【作品賞析】

得不到，毋寧死

　　這首詩出自莎翁喜劇《第十二夜》（*Twelfth Night*），又名《隨心所欲》（*What You Will*），咸認是莎翁喜劇的巔峰之作。「第十二夜」指的是耶誕節過後的第十二個夜晚，也就是一月六日，這天是紀念耶穌顯聖靈的主顯節（Epiphany），也是耶誕佳節的最後一天，舊時英國宮廷都會看戲慶祝，這齣《第十二夜》便是供此時上演之用，故而得名。

　　這首〈快來吧，死亡〉出現在第二幕第四景，此時女主角薇奧拉女扮男裝，在男主角歐西諾公爵門下當男僕，替公爵追求伯爵小姐奧莉薇亞卻屢屢遭拒，公爵因此傷心欲絕，故而找來能文善樂的弄臣費斯特（Feste）唱歌解悶。弄臣唱了這支多愁善感的〈快來吧，死亡〉打趣公爵單戀未果，全詩以第一人稱替公爵發聲，第一段公爵打算為愛殉情看似情真意摯，但「喔千萬記得縫製」和「誰死得比我真摯」卻露了餡，顯示公爵只不過是在演戲，演到一半還差遣人準備戲服，並誇讚自己的感情戲演得極為逼真；第二段則正話反說，點出公爵自導自演這齣殉情大戲的目的，無非是想讓伯爵小姐在他墳前哭泣，將單相思的幽微心境刻畫得入木三分。

27

假作真時真亦假

弄臣藉由〈快來吧，死亡〉唱出了公爵殉情的虛情假意，同時卻也唱出了薇奧拉的真情真意。薇奧拉喬裝成男僕伴隨在公爵左右，對公爵日久深情，眼看公爵為情所苦卻幫不上忙，又礙於女扮男裝無法表白，傷心欲絕不在公爵之下，恨不得替公爵一死成全這段姻緣。弄臣演唱〈快來吧，死亡〉時，薇奧拉也在場聆聽，字字句句都唱出了她的真心。同樣一首詩，表面上是嘲笑公爵假戲真做的冥頑愚癡，暗地裡則剖明薇奧拉真戲假作的情真意摯，這一真一假的對比，恰好也是《第十二夜》的主題。

薇奧拉之所以女扮男裝，在於戲劇開頭那場船難拆散了她與雙胞胎兄長，她誤以為兄長已經命喪大海，因此決定以男兒身代替兄長過完餘生，並以男僕身份替公爵捎口信追求伯爵小姐，伯爵小姐卻對薇奧拉一見鐘情，薇奧拉雖然頻頻婉拒，但伯爵小姐卻毫不死心，並在誤打誤撞下巧遇薇奧拉的雙胞胎兄長，並將他當成薇奧拉再次表白，薇奧拉的兄長滿口答應，兩人約定成婚。劇末薇奧拉與兄長團圓，從而恢復女兒身，得以與公爵結為連理。全劇一路真假難辨，終於皆大歡喜。

—— {文學一瞬} ——

　　英國大文豪莎士比亞（William Shakespeare，1564-1616）既是劇作家也是詩人，共著有 37 部劇作和 154 首十四行詩，其作品大多以愛情和死亡為主題，一如這首鑲嵌在劇作中的〈快來吧，死亡〉，全詩字句優美動人、音韻跌宕悅耳，因而引來諸多作曲家為其譜曲，包括致力發揚英國文學的作曲家芬濟（Gerald Finzi，1901-1956）。芬濟喜好以詩入曲，將歌唱視為朗誦詩詞的方式，並視鋼琴伴奏為渲染氣氛的推手。這首〈快來吧，死亡〉為其聯篇歌曲《讓我們獻上花環》（*Let Us Garlands Bring*）之一，以緩慢的節奏渲染愁緒，並以聲樂旋律強調死亡，長久以來都是這首詩的經典詮釋。

> ▶ **延伸聆賞**
> 〈讓我們獻上花環〉（*Let Us Garlands Bring*）英文演唱版（編按：作品的相關網路影音資源，統一整理於本書附錄的詩作年代與影音列表，有興趣的讀者可自行掃描 QR Code 連結）。

死神，別驕傲

鄧約翰

Death, Be Not Proud (1609)

死神，別驕傲。有些人說你
無所不能、可怖駭人。錯了
你以為你殺死的，還活著
你殺不死我的，可憐的你。
安息與睡眠都像極了你，
帶給了世人無比的喜樂，
英雄和豪傑都隨你去了，
靈魂得解放，軀體得安息。
絕望之徒、眾王、天命、機運
奴役你，毒藥、戰爭、疾病是
你鄰居，鴉片和符咒更使
人安眠，你有什麼好驕矜？
閉眼即短寐，醒來便長生，
死亡不存在，死神，請安息。

Death, be not proud, though some have called thee

Mighty and dreadful, for thou art not so;

For those whom thou think'st thou dost overthrow

Die not, poor Death, nor yet canst thou kill me.

From rest and sleep, which but thy pictures be,

Much pleasure; then from thee much more must flow,

And soonest our best men with thee do go,

Rest of their bones, and soul's delivery.

Thou art slave to fate, chance, kings, and desperate men,

And dost with poison, war, and sickness dwell,

And poppy or charms can make us sleep as well

And better than thy stroke; why swell'st thou then?

One short sleep past, we wake eternally

And death shall be no more; Death, thou shalt die.

【作品賞析】

越過短寐即是永生

　　這首十四行詩好大的口氣，一開頭就挑釁死神，竟然叫死神「別驕傲」，並以筆鋒戳破死神的牛皮，揭發死神殺不死人的真相，短短十四行就把死神拉下神壇，最後詩人以筆當劍，一句「死神，請安息」──

直接賜死死神！整首詩可說是語不驚人死不休。

死亡就像是人生的期末考，這首〈死神，別驕傲〉則是一堂死亡教育課，破除我們對這場期末考的恐懼。〈死神，別驕傲〉遵照十四行詩起承轉合的範式，前四行先破題，指出死者並未真正死去，而是藉由死亡通往永生。中間四行承旨開展，運用《聖經》將死亡比喻成「安息」和「睡眠」的典故，再次寬慰我們無須害怕死亡。

接下來詩人筆鋒一轉，以筆尖揭去死神的斗篷，讓我們看清死神卑微渺小的真面目，甚至連助眠功效都不如當時人稱「永生石」（Stones of Immortality）的鴉片，接著以「你有什麼好驕矜？」作結，與首句「死神，別驕傲」互相呼應。

全詩最後兩句再次點題，越過短暫即是永生，從此死亡不復存在，詩人看似出言狂妄，其實是在歌詠耶穌復活和永生信念，全詩結尾「死神不可活」典出《聖經》哥林多前書──「盡末了所毀滅的仇敵，就是死」，以堅定的信念徹底粉碎我們對死亡的畏懼。

多舛人生的感悟

這首宗教詩是鄧約翰（John Donne，1572-1631）最廣為人知的作品，據信寫於詩人四十五歲。這年鄧約翰

染上天花、纏綿病榻，在經歷一番宦海沈浮之後，對生死頗有感悟。鄧約翰出身書香門第之家，家道殷實，年輕時以作詩自娛，少作內容非情即艷、或譏或諷，言辭鋒芒畢露，後期才轉寫宗教詩。

鄧約翰原為天主教徒，1598 年前後改信英國國教，並榮任掌璽大臣艾格騰祕書，眼看就要飛黃騰達，卻因1601 年和頂頭上司的甥女安‧摩爾（Ann More）秘婚而丟了飯碗。夫妻倆被流放偏鄉，孩子接二連三出世，鄧約翰為養家屢次謀官，不僅為文討好英王詹姆士一世，更在英王寵臣薩默塞特伯爵的贊助下作詩。鄧約翰頗有家世，賣文維生對他而言不甚光彩，生前詩作只在文人雅士間流傳，死後兩年（1633）才由倫敦書商集結出版，從而廣為流傳，影響深遠。

1945 年，〈死神，別驕傲〉由英國作曲家布瑞頓（Benjamin Britten）譜曲傳唱，啟發美國劇作家瑪格麗特‧艾格森（Margaret Edson）寫出《心靈病房》（*Wit*），這齣劇以〈死神，別驕傲〉貫穿全劇，1999 年獲得普立茲戲劇獎。

> ▶ **延伸聆賞**
> 〈死神，別驕傲〉英文演唱版

—— {文學一瞬} ——

　　鄧約翰與莎士比亞並列為十七世紀英國文壇翹楚，但鄧約翰傳入中文文壇的時間比莎翁晚了將近一百年[1]。有別於莎翁等較為傳統的同代詩人，鄧約翰詩風奇詭，在形式上或模仿古羅馬哀歌、或採用義大利十四行體（Petrarchan sonnet），此外他下筆多用奇喻（conceit），曾經以跳蚤比喻結婚教堂、以圓規比喻愛情圓滿，時常給人語出驚人之感。這首〈死神，別驕傲〉是義大利十四行體，每行十個音節，尾韻韻式為 ABBA、ABBA、CDDC、AE。

1　這首〈死神，別驕傲〉是第一首譯成中文的鄧約翰詩歌，1936 年由詩人朱湘（1904-1933）譯出，詩名中譯為「死」，收錄於《番石榴集》。

死亡之舞

歌德

The Dance of Death [2] (1813)

守墓人子夜俯瞰，
底下墳頭星散；
月華銀暉遍灑，
墓園照如白晝。
驀然墳墓揭開，
男男女女素白，
身裹屍布踏出來。

爭相起舞足踝搖，
迴旋轉圈歡欣舞，
老與幼，富與窮，
礙手礙腳裹屍布。

2　原文為 Der Totentanz，此處英譯者為 E.A. Bowring。

怕羞在此無所用，
挺身一抖壽衣拋，
轉眼星散各墳墓。

搖腿骨，扭髖骨，
屍軍挺進姿態異，
喊哩喀喳聲聲起，
節奏劃一舞不停。
守墓人深感奇異，
撒旦附耳低語：
「快下去攫取壽衣！」

守墓人壽衣入手，
奔回教堂保命，
月娘灑下清暉，
映照群屍起舞。
轉眼舞終鬼散，
穿壽衣，歸墓底，
草皮下，無聲息。

卻見一鬼蹣跚，
滿園尋覓壽衣，
還當同伴捉弄，

卻嗅見另有其人。
鬼魂拍響教堂門，
幸而天佑守墓人，
門上十字驚鬼魂。

鬼魂欲奪壽衣回，
無暇貪閒細思量，
攫住歌德式壁飾，
一步一步往上爬。
啊！守墓人死期至！
鬼魂如高腳蜘蛛，
陰森森步步逼近。

守墓人慘白顫抖，
急欲將壽衣歸還，
命運的齒輪停轉，
擁有什麼都無用。
月華逝，月娘歸，
教堂鐘響一點整，
骷髏慘敗身粉碎。

THE warder looks down at the mid hour of night,

On the tombs that lie scatter'd below:

The moon fills the place with her silvery light,

And the churchyard like day seems to glow.

When see! first one grave, then another opens wide,

And women and men stepping forth are descried,

In cerements snow-white and trailing.

In haste for the sport soon their ankles they twitch,

And whirl round in dances so gay;

The young and the old, and the poor, and the rich,

But the cerements stand in their way;

And as modesty cannot avail them aught here,

They shake themselves all, and the shrouds soon appear

Scatter'd over the tombs in confusion.

Now waggles the leg, and now wriggles the thigh,

As the troop with strange gestures advance,

And a rattle and clatter anon rises high,

As of one beating time to the dance.

The sight to the warder seems wondrously queer,

When the villainous Tempter speaks thus in his ear:

"Seize one of the shrouds that lie yonder!"

Quick as thought it was done! and for safety he fled

Behind the church-door with all speed;

The moon still continues her clear light to shed

On the dance that they fearfully lead.

But the dancers at length disappear one by one,

And their shrouds, ere they vanish, they carefully don,

And under the turf all is quiet.

But one of them stumbles and shuffles there still,

And gropes at the graves in despair;

Yet 'tis by no comrade he's treated so ill

The shroud he soon scents in the air.

So he rattles the door--for the warder 'tis well

That 'tis bless'd, and so able the foe to repel,

All cover'd with crosses in metal.

The shroud he must have, and no rest will allow,

There remains for reflection no time;

On the ornaments Gothic the wight seizes now,

And from point on to point hastes to climb.

Alas for the warder! his doom is decreed!

Like a long-legged spider, with ne'er-changing speed,

Advances the dreaded pursuer.

The warder he quakes, and the warder turns pale,

The shroud to restore fain had sought;

When the end,--now can nothing to save him avail,--

In a tooth formed of iron is caught.

With vanishing lustre the moon's race is run,

When the bell thunders loudly a powerful One,

And the skeleton fails, crush'd to atoms.

【作品賞析】

死亡之舞

　　這首敘事歌謠（balladen）共七段，首段描述守墓人對死亡的凝視，次段以死亡之舞象徵死亡終將來臨，守墓人因而受到蠱惑，並於第三段在撒旦的驅使下，於次段藉由竊取壽衣淺嚐死亡的滋味，死亡因此尾隨而至，雖然得以藉由宗教之力暫得緩解（第五段），但終究仍須與死亡面對面（第六段），並領悟在死亡面前「擁有什麼都無用」，最後月光消逝、「骷髏慘敗身粉碎」，此處以黑暗象徵地界有形軀殼的限制，位在教堂塔樓上的守墓人終於取勝。

詩中的死亡之舞意象源自歐洲中世紀，當時由於戰亂頻仍、黑死病橫掃全歐洲、教宗強調世界末日審判來臨，人民對死亡的恐懼沸騰，教會為了安定民心，開始以死亡之舞作為文學和藝術題材，描繪骷髏從墓地中爬出來與生者共舞，再把生者拖進墳墓，無論教皇、國王、修士、小孩、老翁，都難逃死亡的追捕，藉此傳達死亡之前人人平等，並以生者與死者面對面共舞來表現生死相對——生者是死者的曾經、死者是生者的未來，從而帶出「人終須一死」（memento mori）的宗教思想，用以勸戒人民生命消逝不可避免。

　　德國大文豪歌德（Johann Wolfgang von Goethe，1749-1832）在這首〈死亡之舞〉引用了中世紀的典故，卻針對情節和結局做了改編──生者與死者從和諧共舞轉為敵對競爭，最後生者戰勝死亡，反映歌德當下的生死觀。此一死者復活與生者對抗的主題流傳至今，例如 1999 年的好萊塢電影《神鬼傳奇》（The Mummy），便將骷髏從墓地中爬出來的意象轉化為地獄大軍，並且讓男主角大發神威戰勝地獄軍隊，顛覆傳統死亡之舞的結局。

與死神擦身而過

歌德一生曾三度與死神擦身而過。第一次是 19 歲就讀萊比錫大學期間，因疑似罹患結核病導致咯血而返回法蘭克福養病，一度彌留。第二次是 52 歲，因罹患丹毒而出現面部猩紅斑，所幸死裡逃生。第三次是 57 歲，這年拿破崙終結了德國神聖羅馬帝國，法軍攻破歌德所在的威瑪公國，歌德在此身居宮廷要職，因而遭法軍闖入臥室以利刃相向，歌德命在旦夕，虧得髮妻捨命救夫、以智退敵。

創作〈死亡之舞〉的歌德時年 64 歲，不僅經歷過三次生死關頭，摯友席勒（Johann Christoph Friedrich von Schiller）也已辭世，自己則因不堪戰爭之擾而避居捷克溫泉療養地特普利采（Teplitz）。1812 年年底拿破崙遠征俄國慘敗，隔年在歐洲戰場連連失利，歌德寫下這首作品，將原本「死亡之舞」中，生者必死無疑的結局改為死裡逃生，或多或少也映照出當年詭譎歐洲政局的一線轉機。

▶ **延伸聆賞**
〈死亡之舞〉樂高版動畫短片

—— {文學一瞬} ——

歌德家境優渥,父親為萊比錫大學法律博士,母親為法蘭克福市長之女。歌德克紹箕裘修習法律,獲得法學學士後便受卡爾‧奧古斯特公爵禮聘,出任威瑪公國樞秘大臣,仕途順遂,1782 年封爵。在燦爛的政治生涯外,歌德醉心寫作,早年以小說《少年維特的煩惱》(*Die Leiden des jungen Werther*,1774)一夕成名,晚年則以詩劇《浮士德》(*Faust*)為代表作。此外,歌德更是德國史上最偉大的詩人,著述等身,傳世詩作共計兩千五百多首,從編譯〈野玫瑰〉("Heidenroeslein")等歐洲各地民歌,到打破傳統格律創作「狂飆」頌詩,再轉入樸實敦厚的古典詩體,晚年還翻譯中國詩五首、仿作中國詩 14 首,體現了他對世界文學的追求。

一切渴望和恐懼的救贖

當我害怕

約翰·濟慈

When I Have Fears (1818)

當我害怕生命的步伐也許止息——
筆尖來不及挑起胸臆的落穗，
來不及書成文字疊砌成書堆，
高高矗立如熟穀豐藏的穀倉；
當我看見繁星妝點的夜空臉上——
雲氣疊疊影射著壯麗的傳奇，
也許我永遠無法以神來之筆，
趕在生前去追摹那天光雲影；
當我感覺——韶華的美人啊——我再
也見不到你的面，我感覺我再
也無法沉醉在不假思索的愛
的仙鄉——這時我獨自佇立在
大千世界的海濱任思緒馳騁，
直到虛無裡沉沒了愛情和名聲。

When I have fears that I may cease to be

　　Before my pen has gleaned my teeming brain,

Before high-pilèd books, in charactery,

　　Hold like rich garners the full ripened grain;

When I behold, upon the night's starred face,

　　Huge cloudy symbols of a high romance,

And think that I may never live to trace

　　Their shadows with the magic hand of chance;

And when I feel, fair creature of an hour,

　　That I shall never look upon thee more,

Never have relish in the faery power

　　Of unreflecting love—then on the shore

Of the wide world I stand alone, and think

Till love and fame to nothingness do sink.

【 作品賞析 】

秋水辭章不染塵

　　這首〈當我害怕〉寫於濟慈 22 歲，這年對濟慈（John Keats，1795–1821）而言正是多事之秋，第一首長詩〈隱地米恩〉（"Endymion"）一出版就被批評得體無完膚，文評嘲弄他學識淺薄，並影射他出身寒微，濟慈因此消

沉頹喪，感情甚篤的弟弟又因肺結核病逝，濟慈也不慎在照顧弟弟時染病，偏偏又在這年遇上心儀的少女，少女的母親嫌貧愛富，濟慈陷入苦戀未果，這種種愁緒纏繞著詩中的字句，卻不見死亡的陰影灑落在辭章裡。

〈當我害怕〉採用莎翁十四行體（Shakespearean sonnet），由三段四行詩（quatrain）及一組對句（couplet）構成。詩人連用三個「當」（when）作為四行詩的起頭，接續引出其對生命早逝的恐懼。依照此筆法，最後的對句應以「這時」（then）起頭，描寫詩人在恐懼時如何作為，但是，詩人毫無作為，只佇立在生與死的交界，直到死亡如潮水帶走詩人的愛情和聲名，甚至沖刷上岸侵蝕掉詩人的恐懼——這表現在全詩結構上，就是第三段的四行詩遭末段的對句截斷，原本應該是對句開頭的「這時」，前挪至第三段四行詩末尾，導致詩人對愛情的渴望殘憾難圓，成為詩人留下的讖語。

〈當我害怕〉雖然隱含了濟慈對死亡的恐懼，但從頭到尾都沒提到「死」這個字。濟慈明白，自己對早逝的恐懼，來自於對生命的眷戀——他渴望的是，在有生之年坐擁豐碩的寫作成果，他渴望的是，在韶華易逝前去追尋愛情的美好，但這些渴望最終都將收在生命的虛無裡，濟慈以看破塵俗的玲瓏剔透心，讓死亡成為一切渴望和恐懼的救贖。

相見恨晚，棄醫從文

　　濟慈沒有受過正統的文學教育，但對文學一見傾心。他出生在倫敦，外祖父是馬車行的店主，父親繼承岳父的家業，經營得有聲有色，頗有閒錢送孩子上學。濟慈八歲時進入恩斐爾德學校就讀，在校時活潑好鬥、人緣極佳，九歲時，父親墜馬身亡，一時家道中落、母親改嫁，濟慈改由外祖母撫養，在校則與校長的兒子克拉克結為莫逆。14 歲那年，母親以肺病終，濟慈成為孤兒，文學成為寂寞來襲時的避風港，但身為一家之主，濟慈決定習醫維持家計，目標是成為外科醫師。

　　然而，就在習醫的路上，濟慈發現了詩中天地寬，先是讀到克拉克借他的史賓賽（Edmund Spenser）史詩《仙后》（*Fairie Queene*），接著兩人又共讀了查普曼（George Chapman）英譯的荷馬史詩，濟慈驚為天人，一時詩興大發，於 1816 年 10 月寫下〈初識查普曼譯荷馬〉（"On First Looking into Chapman's Homer"）寄給克拉克，備受老友賞識，因此介紹他給文評家李杭（Leigh Hunt）認識，又因李杭牽線結交了華茲華斯、柯立芝、雪萊等浪漫主義大家。此時濟慈已取得外科醫師執業證照，正在倫敦的蓋伊醫院敷藥實習，就等 10 月底滿 21 歲便能正式執刀，但因為喜愛詩歌，濟慈決定棄醫從文，成為耀眼的詩壇新秀。

———{文學一瞬}———

　　濟慈名列英國浪漫時期六大詩人[3]，但他沒有拜倫的風流倜儻，也沒有雪萊的叛逆不羈，只有一生的多愁多病和三年寫成的玲瓏詩句。濟慈共出版詩歌 54 首，體裁廣泛，包括莎翁十四行體、史賓塞傳奇體（Spenserian romance）、密爾頓史詩體（Miltonic epic），早期創作靈感大多來自古希臘文學，包括〈初識查普曼譯荷馬〉，此外，長詩〈隱地米恩〉源自希臘神話中牧羊人隱地米恩對月亮女神的愛慕，〈當我害怕〉第二段「雲氣疊疊」亦影射了宙斯的雲雨之歡。在熬過文壇對〈隱地米恩〉的惡評後，濟慈於 1819 年攀上創作巔峰，作於此時的《蕾米亞》（*Lamia*）、《海柏利昂》（*Hyperion*）、〈致賽姬〉（"To Psyche"）、〈希臘古甕頌〉（"On a Grecian Urn"），皆可見古希臘文化對詩人的影響。

3　濟慈和布雷克、柯立芝（Samuel Taylor Coleridge）、華茲華斯（William Wordsworth）、拜倫（George Gordon Byron）、雪萊，合稱浪漫主義六大詩人。

顛覆為愛沉溺的女性哀歌

歌

克莉斯緹娜·羅塞蒂

Song (1848)

親親，當我死去，
哀傷的歌曲不必，
蒔植玫瑰無須，
絲柏遮蔭多餘；
願你是上頭綠茵，
有露霑也有雨淋；
你想記就記著，
你想忘就忘記。

我看不見陰影，
我覺不到雨淋；
我聽不見夜鶯，
唱呀唱在痛裡。
我夢過了暮色，

夜未央日未盡，
我或許或許記得，
我或許或許忘記。

When I am dead, my dearest,
    Sing no sad songs for me;
Plant thou no roses at my head,
    Nor shady cypress tree;
Be the green grass above me
    With showers and dewdrops wet;
And if thou wilt, remember,
    And if thou wilt, forget.

I shall not see the shadows,
    I shall not feel the rain;
I shall not hear the nightingale
    Sing on as if in pain;
And dreaming through the twilight
    That doth not rise nor set,
Haply I may remember,
    And haply may forget.

人死後去哪裡？

這首〈歌〉是一首自悼詩，詩人羅塞蒂（Christina Georgina Rossetti，1830-1894），在 18 歲那年遙想自己從嚥氣到身軀腐朽的過程。全詩共兩段，每段八行。第一段前四行詩人新死，吩咐愛人無須哀傷，接續兩行寫青草雨露，輕描淡寫時光流逝的痕跡，最後收在詩人大度豁達，不強求愛人牽掛，只因肉身終究會腐朽、五感終究會消逝，此時靈魂抵達夢土，在這將暗未暗、將明未明的暮色中，詩人的記憶也許就此消融，而暮光過後便是復活，不知前世的愛人還記掛否？

若要往下深究，這首詩可視為詩人對物化女性的嘲諷。詩人的兄長但丁·加百列·羅塞蒂（Dante Gabriel Rossetti），1848 年創立前衛藝術團體「前拉斐爾兄弟畫會」，該畫會習以女性作為創作靈感，時常找妹妹擔任肖像畫模特兒，其兄長的女友伊莉莎白·席黛爾（Elizabeth Siddal）則是該畫會名作《奧菲莉亞》（*Ophelia*）中的女模特兒。為了扮演莎翁戲劇《哈姆雷》（*Hamlet*）中為愛癡狂、落水而死的女主角奧菲莉亞，席黛爾在浴缸裡泡了三天，就為了化作畫家筆下美麗的浮屍、癡情的女郎，還因此受寒罹患肺炎

除了奧菲莉亞之外，西方文學史上不乏為愛溺斃的少女，例如桂冠詩人丁尼生的〈夏洛特姑娘〉（"The Lady of Shalott"），原詩於 1832 年寫就，1888 年由瓦特豪斯（John William Waterhouse）入畫，皆從男性視角頌揚女性為愛而死之淒美。羅塞蒂身為女詩人，在〈歌〉中讓死亡與愛情互為喻體，當女性自溺於愛河，盼他人勿寫詩悲悼，在愛情這座墳墓裡，女人不得聽、不得看、不得感受，夢也似地身陷在蒼茫中度過餘生，只求愛人在上頭滋潤自己。可是地久天長，誰還記得愛情最初的模樣？全詩僅寥寥數語，便唱出維多利亞時代女性的哀歌。

百年傳唱的〈歌〉

羅塞蒂創作〈歌〉時，正與「前拉斐爾兄弟畫會」的成員詹姆士·柯林（James Collinson）熱戀。詹姆士原本是羅馬天主教徒，為了娶虔誠的羅塞蒂而改信英國國教，因此這首詩也可說是這段戀情的見證，字字句句都是女詩人的戀人絮語，談著情到深處的生死命題——如果我先死你怎麼辦？可惜男方幾經猶豫後決定改信回原來的羅馬天主教，兩人婚事告吹，羅塞蒂近乎心碎。

出自 18 歲少女之手的〈歌〉樸實清新、感情真摯，堪稱華文讀者最熟悉的英詩中譯。這都要歸功於 1977

年的電影《閃亮的日子》，劇情講述一支樂團從默默無名到發跡，男主角（劉文正飾）卻在成功之際罹患腸癌，劇終時女主角（張艾嘉飾）到男主角墳上唱歌追憶，唱的就是這首〈歌〉，由羅大佑譜曲，再填上徐志摩1928年的譯文：「當我死去的時候，親愛，你別為我唱悲傷的歌」。〈歌〉是羅大佑創作的第一首歌曲，除了張艾嘉和羅大佑之外，蘇慧倫、張信哲、縱貫線樂團都曾經翻唱過，歷久而彌新，可說是華語流行樂壇的長青樹。

> **延伸聆賞**
> 〈歌〉中文演唱版（張艾嘉）

—— {文學一瞬} ——

　　羅塞蒂出生於書香門第，父親是義大利詩人，在倫敦大學國王學院教授拉丁文和義大利文學，羅塞蒂自幼沉浸在濃厚的文藝氛圍中，17 歲便展露詩才，20 歲以筆名艾倫（Ellen Alleyne）在「前拉斐爾兄弟畫會」的刊物《萌芽》（*The Germ*）上發表七首詩作，個人詩選《小妖魔市及其他》（*Goblin Market and Other Poems*）則於 1862 年出版，收錄其著名敘事長詩〈小妖魔市〉和多首抒情短詩，其中也包括這首〈歌〉。此外，作為虔誠的教徒，羅塞蒂寫過不少宗教詩，其中最出名的要屬〈在這冷冽隆冬〉（"In the Bleak Midwinter", 1872），1902 年由英國作曲家霍爾斯特（Gustav Holst）譜曲，以簡單乾淨的音線帶出雪白人間對上帝的敬虔，至今仍是最受喜愛的耶誕歌曲。

因我無法為死神留步

狄瑾遜

Because I Could Not Stop for Death (1863)

因我無法為死神留步——
死神便好意為我佇足——
馬車上就只載著我們——
以及永生。

車行悠悠 —— 匆忙他不懂
而我也放下了消遣
擱置了工作，方不枉他
這番殷勤——

我們駛過校園，孩童在課間
孜孜矻矻——在操場——
我們駛過凝眺的麥田——
駛過落日——

或説──落日駛過我們──
夜露牽引輕寒牽引哆嗦──
只因細絹做長袍──
披肩──只薄紗──

我們停在屋前，那看似
墳起的土地──
屋頂簡直瞧不見──
飛簷──在土裡──

此後──數百年過去──
卻不如那日悠長
我當初就猜那馬頭
是朝著永生的方向──

Because I could not stop for Death –
He kindly stopped for me –
The Carriage held but just Ourselves –
And Immortality.

We slowly drove – He knew no haste
And I had put away
My labor and my leisure too,

For His Civility –

We passed the School, where Children strove
At Recess – in the Ring –
We passed the Fields of Gazing Grain –
We passed the Setting Sun –

Or rather – He passed us –
The Dews drew quivering and chill –
For only Gossamer, my Gown –
My Tippet – only Tulle –

We paused before a House that seemed
A Swelling of the Ground –
The Roof was scarcely visible –
The Cornice – in the Ground –

Since then – 'tis Centuries – and yet
Feels shorter than the Day
I first surmised the Horses' Heads
Were toward Eternity –

【作品賞析】

　　狄瑾遜（Emily Dickinson，1830-1886）的詩作近
一千八百首，依主題可分為四大類，死亡詩便是其中一
類，當中又以〈因我無法為死神留步〉最出名。

　　全詩共六段，採倒敘法，敘事者在永生中回顧自己
逝世的那一天，一如既往庸庸碌碌無暇接見死神，死神
便化身文質彬彬的男伴駕車前來，第二段寫敘事者為了
不辜負死神這番殷勤，心甘情願放下人生的一切，搭上
馬車慢慢前行，第三段描述馬車窗外的風景——校園是
青春，麥田是盛年，落日是晚節，校園的「課間」呼應
人生的「消遣」，學子的「孜孜矻矻」呼應人生的「工
作」。第四段筆鋒一轉——落日駛過瀕危的敘事者，更
深露重，寒意侵入薄衫，馬車終於在第五段停下，敘述
者在這狀似墳墓的屋宇歇息，便於第六段進入永生。

　　〈因我無法為死神留步〉之所以耐人尋味，便在其
語意曖昧，既可香豔又可虔誠，乍讀之下，狄瑾遜似乎
相信越過死亡即是永生，但這亦正亦邪的死神形象，為
這首詩闢出更寬廣的詮釋空間。詩中的死神既像文質彬
彬的男伴，又像始亂終棄的戀人；他先以永生為餌，大
獻殷勤誘哄淑女上車，從人聲鼎沸的校園駛至杳無人煙
的麥田，在駛過落日後，淑女身上僅見薄衫，馬車在屋

前停留，日後淑女便在回憶裡天長地久，以為當初馬車是駛往永生，從中流露出狄瑾遜對永生的真實看法。

害怕永生的女詩人

狄瑾遜害怕永生。16 歲那一年，狄瑾遜的親友受到第二波大覺醒復興運動（the Second Great Awakening）感召，紛紛信了基督教，唯獨狄瑾遜對基督教心存懷疑。她在給閨中密友的信中寫到：「妳不覺得永生很可怕嗎？我常常想到永生，感覺永生一片漆黑，倒不如不要有永生還比較好。想到我們必須長生不死，就覺得死亡好恐怖，竟然把我們推向這樣的未知世界，無止盡地活著真的是解脫嗎？」

詩人少女時代的恐懼，在死亡奪走親友性命後更加具體。〈因我無法為死神留步〉作於狄瑾遜 33 歲，前三段敘事者無牽無掛與死神和永生同車前行，沿途有陽光、有麥浪，象徵詩人早年對死亡和永生的美好想像；後三段黑暗降臨、陰冷襲來，死神露出真面目，帶領敘事者抵達身後的居所，敘事者發現此處並非天家，而是地上的墳塚，這或許暗示，狄瑾遜始終無法信耶穌得永生，世人所相信的地老天荒，在她看來還不如人間一日悠長，她寧可在塵世裡與回憶長眠，也不要在天堂與永生共度無盡的時光。

—— {文學一瞬} ——

　　狄瑾遜有「安默斯特隱士」（Recluse of Amherst）之稱，30 歲後便深居簡出，在麻州過著遺世絕俗的生活。至於隱居的原因，學者專家猜測應與感情有關。狄瑾遜 24 歲時首次越州到費城旅行，認識已婚牧師查爾斯・衛茲華斯（Charles Wadsworth），兩人一見鐘情互有好感，衛茲華斯也曾到麻州造訪狄瑾遜，應是一段相見恨晚的苦戀。1862 年，衛茲華斯舉家遷至舊金山，兩人各分東西，從此不得相見只能懷念。〈因我無法為死神留步〉作於 1863 年，或許衛茲華斯便是詩中迷人的死神，既帶著狄瑾遜駛過明媚風光，也帶給狄瑾遜永無止盡的冰冷回憶。

▶ 延伸聆賞
〈因我無法為死神留步〉英文朗讀版

墓誌銘

蒂絲黛兒

Epitaph (1926)

凋墜靜好，如紅葉飄落在
無風聲無雨喧的時節，
只有秋涼和永不止息
收呀收地將萬物收回大地。

就這樣，任雪花飄落深深
掩蓋住迷醉在光裡空裡的曾經，
大地不會惋惜她那不知疲倦的戀人，
他也不會醒來發現她竟如此不上心。

Serene descent, as a red leaf's descending

When there is neither wind nor noise of rain,

But only autumn air and the unending

Drawing of all things to the earth again.

So be it, let the snow fall deep and cover
All that was drunken once with light and air.
The earth will not regret her tireless lover,
Nor he awake to know she does not care.

【作品賞析】

是什麼活埋了愛情？

　　這首〈墓誌銘〉可能是對未來的預言，也可能是對過去的懷想，紀念奔流的時光與恆久的大地之間譜出的戀曲，這兩者一動一靜，恰似瞬息萬變的商場和亙古亙今的詩歌，一如詩人蒂絲黛兒（Sara Teasdale，1884-1933），與她的富商丈夫菲爾辛格（Ernst Filsinger）。

　　蒂絲黛兒在 42 歲時寫下〈墓誌銘〉──第一段寫深秋謝了紅葉，萬物飄零，烘托出死亡的氣息；第二段時序入冬，時光是「不知疲倦的戀人」，大地是「不上心」的情人，在歲月流轉間任飄雪「掩蓋住迷醉在光裡空裡的曾經」。蒂絲黛兒以此意境作為墓誌銘，或許早已預見自己詩中的點點流光，將會隨著四季遞嬗而逐漸

黯淡，大地不會惋惜，逝去的時光也不會轉醒。

　　蒂絲黛兒是出身密蘇里州聖路易市的名媛，年輕時談過好幾場戀愛，但每次都無疾而終，文友娣珍絲（Eunice Tietjens）看得很是著急，便介紹同是出身聖路易市的富商菲爾辛格給蒂絲黛兒認識。1914 年 4 月 5 日，蒂絲黛兒與菲爾辛格初次見面，她欣賞他的風度，他憐惜她的文才，兩人互有好感。然而，此時蒂絲黛兒與詩人林賽（Nicholas Vachel Lindsay）也是情投意合，林賽天天寫情詩給她，沒想到終究還是未能贏得佳人的芳心，蒂絲黛兒最後選擇了家境優渥的菲爾辛格，兩人於 1914 年 12 月結婚，隔年蒂絲黛兒出版第三本詩集《百川歸海》（*Rivers to the Sea*），一發行便大為暢銷，遂決定與夫婿移居嚮往已久的紐約市，等在眼前的似乎是幸福快樂的婚姻生活。

愛與生的苦惱

　　只可惜事與願違。由於菲爾辛格出差頻繁，蒂絲黛兒時常獨守空閨，加上體弱多病、性情孤僻，夫妻兩人漸行漸遠。為了訴請離婚，蒂絲黛兒於 1929 年移居別州三個月，藉以取得離婚資格，菲爾辛格收到離婚協議書時大感詫異，無奈木已成舟。恢復單身後，蒂絲黛兒與林賽重修舊好，但林賽已有妻兒，因此兩人並未逾矩。

1931 年，林賽被沉重的家計擊垮，喝下清潔劑自殺。

　　蒂絲黛兒 1933 年吞安眠藥自殺，得年 49 歲，生前共出版八本詩集，其中愛與死這兩大主題貫穿其多首詩作，比如〈關不住了〉，比如〈四月之死〉，比如這首〈墓誌銘〉。不知詩行裡的漫天大雪，掩蓋的是哪一段迷醉的曾經？

─── {文學一瞬} ───

　　蒂絲黛兒是第一位獲得普立茲詩歌獎的女詩人，當時是 1918 年，胡適剛從美國留學歸國，在北京大學鼓吹白話文運動，便隨手以白話文翻譯了蒂絲黛兒的詩作〈關不住了〉（"Over The Roofs"）：「我說『我把心收起，／像人家把門關了，／叫愛情生生的餓死，／也許不再和我為難了』」，並稱這首譯詩是「新詩成立的新紀元」，堪稱現代白話文學的起點。

　　這樣一位在當代深具影響力的美國女詩人，亡歿後卻寂寂無聞，沒有半首詩作列入美國文學經典，華語文壇也罕見其詩作中譯流傳，稍微有名氣的，或許是那首據稱是女詩人的絕筆詩〈四月之死〉（"I Shall Not Care"），由李敖在中心診所養病時翻譯：「當我死時，在四月明光，／雨水溼人如醉。／我將無動於衷，／一任你心碎。／我平靜，如老樹濃蔭，／任雨壓枝條如墜。／我將默然無語，／比你多一倍。」事實上，這首〈四月之死〉於 1915 年出版，並非女詩人的絕筆詩。

朦朧的死亡詩

羅卡

Ghazal of the Uncertain Death [4] (1940)

我想睡著想夢見蘋果
想逃離墳場墳場墳場的焦躁。
我想睡著想夢見那男孩
他願在遼闊的海上把心切開。

別跟我說亡者不會失血，
別跟我說腐爛的嘴仍會討水，
我不願見烈士對青草退讓，
不願見月亮用蛇的嘴
吃掉黎明的光。

我想睡一會兒。

---

4 原文標題為 Gacela de la muerte oscura，此為 Amy Rodriguez 英譯本。

我想夢一會兒，
或者，一世紀；
但我要大家知道我並沒有走——
我的雙唇是一廠黃金，
我是西風的小友，
是淚水的巨大陰影。

黎明時用面紗遮住我，
掩蓋放生在我屍首上的螞蟻。
用堅硬的水澆淋我的鞋
讓蠍子的鉗子滑落。

因我想睡著想夢見蘋果
想學會哀歌拂去我身上的塵；
因我想與穿壽衣的男孩同生
他願在遼闊的海上把心切開。

I want to sleep and dream of apples
To escape the unquiet of these graveyards.
I want to sleep and dream of that boy
Who wished to cut his heart on the open sea.

Don't tell me the dead don't lose their blood;
Or that the rotting mouth still asks for water.
I won't watch the martyrs give way to grass,
Nor see the moon with serpent's mouth
Eat the light of dawn.

I want to sleep a while.
I want to dream one moment,
Or perhaps, one century;
But I want all to know I haven't gone—
That my lips are a stable of gold,
That I am the little friend of the West wind,
And that I am the immense shadow of my own tears.

Cover me with a veil at dawn,
To hide the ants unleashed upon my corpse.
And wet my shoes with hard water
So the scorpion's pincers slip.

Because I want to sleep, and dream of apples
To learn a lament that will brush me clean of earth;
Because I want to live with that shrouded boy
Who wished to cut his heart on the open sea.

如果我死了，把陽台打開

　　西班牙詩人羅卡（Federico García Lorca，1898-1936）這首〈朦朧的死亡詩〉，是以波斯抒情詩體「加扎勒」（Ghazal）寫成。傳統上，「加扎勒」多用於苦情詩作，抒發因違背禮教而無法相愛的悲哀，羅卡以「加扎勒」寫詩，詩中數度提到禁忌之果「蘋果」，和願意剖心相待的「男孩」，在頓挫抑揚的音韻之間，深埋在詩人心底的同志之愛若隱若現。

　　這段難以在有生之年圓滿的愛戀，迫使詩人「想睡一會兒」、「想夢一會兒」，想去那如夢如死之境與蘋果和男孩相遇，但又害怕被世人遺忘在朦朧的死亡裡。詩人因此決意以創作留名，提醒後世「我的雙唇是一廏黃金」，展現詩人在死亡面前豐沛的創造力，留給西班牙燦爛的文學瑰寶，以詩歌對家鄉做最深情的告白，一如其在少作〈辭別〉（"Despedida"）中，表明死後仍要凝望這片土地的痴心：「如果我死了，／把陽台打開。／男孩吃柳橙。／（我從陽台看到）。／農人割小麥。／（我從陽台聽到）。／如果我死了，／把陽台打開。」

把文學種在土地上，會結出泥土的香

羅卡不論寫詩或寫劇，作品總是深植於西班牙的土壤。他的成名作《吉普賽故事詩》（*Romancero gitano*，1928），以西班牙安達魯西亞地區的傳統歌謠，吟唱吉普賽小人物的傳奇，再搭配上羅卡本人獨樹一格的純真詩風，一問世便大放異彩。

然而，當弗朗哥（Francisco Franco Bahamonde）率領的法西斯陣營在西班牙內戰中獲得勝利，羅卡反法西斯的立場和言論，讓他的作品不是完全遭禁、便是只有官方的刪節本流傳，他本人也面臨「被失蹤」的死亡威脅。身為譽滿文壇的詩人，羅卡大可尋求政治庇護，但對家鄉的熱愛讓他婉拒流亡異鄉的安排，反而回到出生地格拉納達省，並在生命盡頭前創作了《慟桑契茲・梅西亞之死》（*Llanto por la muerte de Ignacio Sánchez Mejías*，1935）和《東方農園詩集》（*Diván del Tamari*，1940）。前者是超現實的葬禮輓詩，用於哀悼文友桑契茲・梅西亞在鬥牛場上喪命；後者則是向家鄉的伊斯蘭文化遺緒致敬。

這首〈朦朧的死亡詩〉便是收錄於《東方農園詩集》，而作品出版之時，羅卡已經因為異議身分，慘遭法西斯黨人處決棄屍，得年 38 歲，遺體至今仍未尋獲。直到弗朗哥 1975 年逝世，羅卡的作品全貌才得以重見

天日。

　　但在歷史的正義到來之前，西班牙文學的芬芳早已乘著羅卡的詩句流傳到世界各地，華文世界亦可見戴望舒選譯的《洛爾迦詩抄》，和楊牧翻譯的《西班牙浪人吟》（又名《吉普賽故事詩》）。羅卡以滿懷對鄉土的熱愛，為自己討回了公道。

▶ 延伸聆賞
〈朦朧的死亡詩〉西文朗讀版

—— ｛文學一瞬｝ ——

　　羅卡成名之際，正是與畫家好友薩爾瓦多・達利（Salvador Dalí）日漸疏離之時。這兩位西班牙怪傑於1919 年相識於馬德里學生書苑，在朝夕相處的同窗歲月中，曖昧情愫日漸滋生，羅卡寫了〈達利頌〉（"Ode à Salvador Dalí"，1926）謳歌達利的才華，但達利卻不太領情，認為羅卡的作品太過拘泥古板。兩人最後分道揚鑣，達利遠赴巴黎追求超現實主義，羅卡則留在西班牙發揚古典文學及傳統民謠，帶領學生劇團「茅舍」（La Barraca）到各地巡演，將西班牙的古典戲劇帶到偏鄉的農民及工人眼前。

{輯二}

悲悼愛人

愛，是永恆的陪伴，縱是肉體消亡，也盼望靈魂能常伴左右。在悲悼愛人的辭章裡，詩人將所愛化為花石草木，抬眼便能相見，一解相思之苦。

　　在本輯中，化名「露西」的神祕少女，在華茲華斯的筆下歸於塵土、化為萬物：「不動是她，無力是她；／閉上了耳目；／隨大地晝夜運行是她／與岩石草木。」愛倫坡則將亡妻化作月光和星辰，縱使夫妻天人永隔，也能在海潮裡永世相伴：「於是我在夜潮裡躺在／我的新娘我此生的摯愛／在她的墳山在海邊──／在她的墓裡在潮畔。」而與葉慈有過一段情的富家千金茉德，則在詩中被葉慈賜死、再以日月星光妝扮：「你的心思雖如野鳥般，／卻知頭髮被盤繞上／星星月亮和太陽」。哈代在悼亡妻的詩中讓髮妻化為石影：「我經過德魯伊石／瑩白嵤嵤在園子裡沉思，／我駐足看那婆娑的影子／偶然落在那石上／從近旁大樹的搖盪／在我的綺想裡化作／熟悉的頭影和肩影，／當她在園子裡弄草蒔花。」──詩中冰涼的石頭是冷卻的激情，搖盪的影子是曾經的熟悉，彷彿還在，也彷彿不在。

沉眠封存了我的靈魂

威廉 · 華茲華斯

A Slumber Did My Spirit Seal (1798)

沉眠封存了我的靈魂；
驚懼是何物？
她像是物化不再過問
歲月的指痕。

不動是她，無力是她；
閉上了耳目；
隨大地晝夜運行是她
與岩石草木。

A slumber did my spirit seal;

I had no human fears:

She seemed a thing that could not feel

The touch of earthly years.

No motion has she now, no force;
She neither hears nor sees;
Rolled round in earth's diurnal course,
With rocks, and stones, and trees.

【作品賞析】

神祕詩中人

　　華茲華斯（William Wordsworth，1770-1850）曾為少女「露西」賦詩五首，後世稱為「露西組詩」（Lucy Poems）。〈沉眠封存了我的靈魂〉是「露西組詩」的第五首，全詩分為兩節，第一節用過去式寫露西生前、第二節用現在式寫露西死後，前後兩節形成今昔對比。第一節詩人與露西在熱戀中忘卻了歲月，詩人沒有了人間的憂懼，露西則宛如永不凋謝的花朵，全詩由此意象過渡到第二節，露西果然再無動靜，從此不看不聽歸於塵土，而大地晝夜運行依舊、岩石草木依舊，全詩就此戛然而止，並未多費筆墨抒發對露西逝去的感受，頗有識盡愁滋味、欲說還休之感，又或是文字太輕而情意太重，只能將一片深情交由天地去承載。

歷來詩評家對「露西」的身份議論不休，有人說露西是詩人體弱多病的妹妹，又說是曾為詩人生下一女的安妮特（Annette Vallon），也有人說露西是詩人早逝的青梅竹馬瑪格麗特（Margaret Hutchinson），在「露西組詩」出版兩年後，詩人便與瑪格麗特的親姐姐瑪麗（Mary Hutchinson）成婚。由於詩人從未對露西組詩多加解釋，並對露西究竟是誰的種種見解保持沉默，因此露西的真實身份難以求證。有評論家認為詩人藉由「露西組詩」抒發對死亡的感悟，或說「露西組詩」繼承莎士比亞〈奧菲莉亞之死〉（"The Death of Ophelia"）這一支謳歌少女死亡的傳統，另有一說「露西」之死比喻「靈魂」遠離造物而枯萎，從而開啟浪漫主義鼓吹世人回歸大自然。

浪漫的開端

　　〈沉眠封存了我的靈魂〉收錄於 1800 年第二版《抒情民謠集》（*Lyrical Ballads*），華茲華斯在序言中表達了對詩歌的見解，標誌了浪漫時期的開端，倡導以日常生活語言入詩、抒發個人生命經驗湧現的感動，反對僵化虛假的詩歌詞藻，例如〈沉眠封存了我的靈魂〉便多用簡單的單音節字詞，並搭配英國傳統的民謠體，節奏參差交錯，如歌謠般平易自然、琅琅上口。

────── {文學一瞬} ──────

　　死亡的陰影籠罩著華茲華斯的早年，華氏八歲喪母、13 歲喪父，妹妹則終生多愁多病。1791 年，華茲華斯獲劍橋大學文學學位後投身法國大革命運動，並與法國醫生之女安妮特熱戀，1792 年生下一女。1793 年英國對法國宣戰，華茲華斯不得不返回英國，直至 1802 年英法戰爭結束才得以赴法安頓情人與女兒。在此期間，華茲華斯歷經了青梅竹馬瑪格麗特於 1796 年病逝，此外也開始發表詩作，並結識詩友柯立芝，兩人於 1798 年秋天同赴德國旅遊，「露西組詩」便是於旅程中創作。

　　第一首〈奇異的心潮澎湃〉（"Strange fits of passion have I known"）盛讚露西的容顏清新如六月的玫瑰，並於詩末擔憂露西逝去。第二首〈她住在人煙罕至之途〉（"She dwelt among the untrodden ways"）說露西是青苔石邊若隱若現的紫羅蘭，生前無人識、死後無人知，其傷逝令詩人深感今不如昔。第三首〈我行過陌生人間〉（"I travell'd among unknown men"）暗示露西死於英格蘭，詩人將對露西的愛融於對英格蘭的愛之中。第四首〈三年她長於晴裡雨裡〉（"Three years she grew in sun and shower"）描述露西被造化要了回去，向流雲學習姿態，在天地萬物間亭亭玉立，留給詩人一片荒原。

安娜貝爾麗

愛倫坡

Annabel Lee (1849)

許多的許多的年前，
有個王國在海邊，
有名少女你或許識得，
名字叫做安娜貝爾麗；
少女此生並無二心，
只知與我相愛相親。

在我的童年在她的童年，
在這個王國在海邊，
我們的愛比愛人的愛更熾熱——
我和我的安娜貝爾麗——
愛到天堂的熾天使
都有眼紅覬覦之時。

於是在很久很久以前，
在這個王國在海邊，
雲裡吹出了凜冽的風兒
凍壞了我的安娜貝爾麗，
高貴的姻親紛紛前來
將她從我身旁帶開
鎖進了深深的墳山，
在這個王國在海邊。

兩小無猜勝過天堂之樂，
天使看了把醋一喝——
所以（人人皆知其然
在這個王國在海邊）
夜裡雲裡吹出了風兒
凍死了我的安娜貝爾麗。

但我們愛得濃情蜜意，
年歲再長也不及——
智慧再增也不及——
我倆靈交無法分離，
哪怕是天上的安琪兒
哪怕是海底的鬼怪，
我美麗的安娜貝爾麗；

月光照耀她來入夢，
我美麗的安娜貝爾麗；
星辰升起如她雙瞳，
我美麗的安娜貝爾麗；
於是我在夜潮裡躺在
我的新娘我此生的摯愛
在她的墳山在海邊———
在她的墓裡在潮畔。

It was many and many a year ago,

   In a kingdom by the sea,

That a maiden there lived whom you may know

   By the name of Annabel Lee;

And this maiden she lived with no other thought

   Than to love and be loved by me.

I was a child and *she* was a child,

   In this kingdom by the sea,

But we loved with a love that was more than love—

   I and my Annabel Lee—

With a love that the wingèd seraphs of Heaven

Coveted her and me.

And this was the reason that, long ago,

   In this kingdom by the sea,

A wind blew out of a cloud, chilling

   My beautiful Annabel Lee;

So that her highborn kinsmen came

   And bore her away from me,

To shut her up in a sepulchre

   In this kingdom by the sea.

The angels, not half so happy in Heaven,

   Went envying her and me—

Yes!—that was the reason (as all men know,

   In this kingdom by the sea)

That the wind came out of the cloud by night,

   Chilling and killing my Annabel Lee.

But our love it was stronger by far than the love

   Of those who were older than we—

   Of many far wiser than we—

And neither the angels in Heaven above

   Nor the demons down under the sea

Can ever dissever my soul from the soul

    Of the beautiful Annabel Lee;

For the moon never beams, without bringing me dreams

    Of the beautiful Annabel Lee;

And the stars never rise, but I feel the bright eyes

    Of the beautiful Annabel Lee;

And so, all the night-tide, I lie down by the side

    Of my darling—my darling—my life and my bride,

    In her sepulchre there by the sea—

    In her tomb by the sounding sea.

【作品賞析】

玉碎香殘成詩時

　　愛倫坡（Edgar Allan Poe，1809-1849）是詩人兼小說家，擅寫短詩和短篇小說，認為能一口氣讀完的長度是最適合詩歌和小說的篇幅，創作時奉美為圭臬，曾說過「玉碎香殘無疑是世上最詩意的題材」，其詩作〈致海倫〉（"To Helen"）、〈樂若兒〉（"Lenore"）、〈大鴉〉（"The Raven"）都以美人殞命為題，這首〈安娜貝爾麗〉則用以悼念其亡妻薇姬妮雅（Virginia Eliza Clemm，

1822-1847）。

薇姬妮雅與愛倫坡於 1835 年低調成婚，薇姬妮雅是 13 歲的少女，愛倫坡則是初入文壇，立志以寫作維生，出版過兩本詩集和幾篇短篇小說。婚後愛倫坡謀了份穩定的工作，擔任《南方文學信使》（*Southern Literary Messenger*）助理編輯，薪水勉強糊口，但卻因為上班偷喝酒遭到開除，此後屢次因酗酒問題導致飯碗不保。1842 年，薇姬妮雅染上肺癆，五年後在飢寒交迫中病逝，愛倫坡更加頹喪消沉，時常在夜深人靜時枯坐在亡妻墳前，兩年後醉臥街頭，五天後隨亡妻離世。

〈安娜貝爾麗〉是愛倫坡的絕筆詩，詩人逝世兩天後連同其訃聞刊於紐約《每日論壇報》（*Daily Tribune*）。全詩共六節，為民謠體敘事詩，前兩節描述兩小無猜濃情蜜意，中間兩節寫天妒美眷拆散鴛鴦，末兩節敘述夫妻之情至死不渝，鰥夫因而躺進墓裡與亡妻相伴，儼然是愛倫坡自己的人生結局。全詩以沉緩的長母音「一」貫串，交錯的長短句宛如海潮起落，「在這個王國在海邊」、「我美麗的安娜貝爾麗」重複出現，營造出纏綿悱惻的音律，可說是聲韻意境最優美的悼亡詩。

鬼氣森森的安娜貝爾

說到「安娜貝爾」這個名字，許多人腦海中首先浮

現的是恐怖片《厲嬰宅》（*The Conjuring*）和《安娜貝爾》（*Annabelle*）系列電影中的鬼娃娃，但〈安娜貝爾麗〉中將丈夫召進墳墓的早夭少女，或許才是正宗「鬼娃」始祖，而且影響力更加深遠廣大。自從英國作曲家雷斯利（Henry David Leslie）為其譜曲後，至今〈安娜貝爾麗〉已有數十種傳唱版本，美國電影之父格里菲斯（D.W. Griffith）將此詩改編為恐怖片《復仇之心》（*The Avenging Conscience*，1914），俄裔美籍小說家納博科夫（Vladimir Nabokov，1899-1977）則在小說《蘿莉塔》（*Lolita*，1955）中讓短命少女安娜貝爾麗（Annabel Leigh）成為戀童癖男主角的初戀，男主角終其一生都對安娜貝爾麗魂牽夢縈，不斷在其他少女身上尋找這「鬼娃」的芳蹤。

這首〈安娜貝爾麗〉既淒清悽婉又鬼氣森森，不愧是出自恐怖小說大師愛倫坡的手筆。愛倫坡為美國文壇締造了偵探小說、恐怖小說、科幻小說等類型文學，享有「偵探小說之父」的稱號，尤以〈莫爾格街兇殺案〉（"The Murders in the Rue Morgue"）最為著名，美國推理作家協會創辦的愛倫坡獎，向來是美國推理界最高獎項。愛倫坡身後風光，生前卻備受美國文壇冷落，詩作〈大鴉〉雖然廣為流傳，但因當時沒有版權概念、盜印猖獗，詩人只拿到美金九塊錢的稿費，窮困潦倒過完餘生。

—— {文學一瞬} ——

　　愛倫坡筆下的故事再怎麼跌宕曲折，都比不上他本人曲折離奇的身世。愛倫坡出生在波士頓，雙親都是演員，父親在他出生後便拋家棄子遠走高飛，母親則在他兩歲時死於肺癆，他由膝下無子的煙草商約翰‧愛倫（John Allan）收養。愛倫夫婦手頭寬裕，讓愛倫坡接受最好的教育。愛倫坡幼時便隨養父母到英國唸書，1826年回美國就讀維吉尼亞大學，但卻因賭債高築而輟學，與養父的關係就此惡化，愛倫坡頓失經濟援助，因此開始向報紙投稿賺取稿費，從而一步步踏上文學這條路。

> ▶ 延伸聆賞
> 〈安娜貝爾麗〉英文朗讀版

他但願他的愛人死去

葉慈

He Wishes His Beloved Were Dead (1898)

你冰冷地躺著死了，

光芒從西邊黯淡了，

你會來我這裡俯首，

我會在你胸脯枕頭；

你會溫柔地呢喃，

原諒我，因為你死了：

你不會起身跑走，

你的心思雖如野鳥般，

卻知頭髮被盤繞上

星星月亮和太陽：

噢，愛人，但願你躺在

羊蹄葉下的泥土裡，

當光芒逐漸黯淡。

Were you but lying cold and dead,

And lights were paling out of the West,

You would come hither, and bend your head,

And I would lay my head on your breast;

And you would murmur tender words,

Forgiving me, because you were dead:

Nor would you rise and hasten away,

Though you have the will of wild birds,

But know your hair was bound and wound

About the stars and moon and sun:

O would, beloved, that you lay

Under the dock-leaves in the ground,

While lights were paling one by one.

【作品賞析】

情深似海三十載

　　愛爾蘭大文豪葉慈（William Butler Yeats，1865-1939）追求茉德（Maud Gonne，1866-1953）追求了三十年，在第九年寫下了這首〈他但願他的愛人死去〉，字裡行間似乎盡是苦追不得的惆悵與怨懟。

葉慈和茉德在 1889 年相識於倫敦，他 24 歲，是鋒芒漸露的浪漫文人，她 23 歲，是投身劇場的富家千金，因欽慕葉慈的長詩《雕像島》（ *The Island of Statues* ，1885）而登門求見。當時的葉慈正為了提倡愛爾蘭文學而創作不輟，茉德則為了愛爾蘭獨立運動而努力奮鬥，兩人因此一見如故，他為她量身打造了兩齣愛國劇《凱薩琳女爵》（ *The Countess Kathleen* ，1892）和《胡拉洪之女凱薩琳》（ *Cathleen ni Houlihan* ，1902），她則為他粉墨登場，飾演犧牲小我、成全大我的愛爾蘭革命女英雄凱薩琳。

　　這對年輕男女在劇場攜手合作，但在現實人生中，兩人的政治和宗教立場卻頗不相同。葉慈是早年移居愛爾蘭的英格蘭後裔，信奉的是新教，茉德是成長於巴黎的蘇格蘭後代，成年後信奉了天主教。對於茉德的宗教信仰和支持愛爾蘭獨立的政治立場，葉慈都頗不以為然，這或許是他數次求婚均遭茉德婉拒的原因。

死在我的詩裡，活在世人心底

　　〈他但願他的愛人死去〉作於葉慈 33 歲，先是在《速寫週報》（ *The Sketch* ）上發表，後來收錄於個人詩集《蘆葦間的風》（ *The Wind among the Reeds* ，1899），在選材上可見前「拉斐爾兄弟畫會」的遺緒，

以死去的少女為主題，詩風則與浪漫主義相類，詩中少女的髮髻纏繞著「星星月亮和太陽」，冰冷地躺在「羊蹄葉下的泥土裡」，令人聯想起華茲華斯在〈沉眠封存了我的靈魂〉中描寫的少女露西之死：「隨大地晝夜運行是她／與岩石草木」。

葉慈的詩裡常可見茉德的身影，名詩〈當你年老〉（"When You Are Old"，1893）是詩人真摯的表白，以一句「愛你臉上青春難駐的哀傷」昭示自己此情不渝、直至美人遲暮仍無怨無悔，這首〈他但願他的愛人死去〉則讓愛人死在自己的詩裡，祈望兩人在現實中的不合，在詩的國度都能和解，所有生活裡的齟齬，都能在文學的王國裡得到愛人的原諒。

弔詭的是，茉德雖然葬身在葉慈的詩句，卻也藉著這詩魂在世人的心底獲得永生，葉慈渴望她在詩裡變得多柔順，現實中的她就該有多剛烈。所有讀過這首詩的讀者，都會記得這位「心思如野鳥」的狂野美人，也會記得葉慈為愛人簪上星星、月亮和太陽的一片癡心。2010 年，愛爾蘭作曲家丹尼（Donnacha Dennehy）為這首詩譜曲，找來美國女高音厄普蕭（Dawn Upshaw）演唱，重新詮釋這段纏綿數十載的戀情。

▶ 延伸聆賞
〈他但願他的愛人死去〉女高音演唱版

——— {文學一瞬} ———

　　葉慈的詩句沒能拴住茉德的心。在歷經四次求婚失敗後，茉德於 1903 年嫁給愛爾蘭獨立運動領袖麥布萊德（John MacBride），兩人雖然育有一子，但這段婚姻並不美滿，茉德指控丈夫家暴並猥褻自己與前夫之女，因此一狀告上法庭。葉慈從旁支持茉德打離婚官司，並在法院裁定兩人分居後繼續追求。1916 年，麥布萊德在都柏林參與復活節起義宣布愛爾蘭共和國成立，但隨即遭英軍逮捕處死，茉德在法律上成了寡婦，葉慈名正言順再次求婚，這時兩人都年逾半百，葉慈兌現了此情不渝的承諾，但卻仍未贏得佳人的芳心。茉德認為世人應該感謝自己沒嫁給葉慈，婚姻多無趣，不適合詩人。1923 年，葉慈獲頒諾貝爾文學獎，人生自是有情痴，佳人無情方成詩，或許我們真的該向茉德道謝。

艾歐妮，
死了這漫長的年

龐德

Ione, Dead the Long Year (1913)

空落落的路，
空落落的路在這片塵土，
更有花簇簇
沉甸甸垂下了頭。
卻有何用。
空落落的路在這片塵土
是艾歐妮
走過的路，如今雖不再走，
腳步卻似剛過。

Empty are the ways,

Empty are the ways of this land

And the flowers

                      Bend over with heavy heads.

They bend in vain.

Empty are the ways of this land

                                  Where Ione

Walked once, and now does not walk

But seems like a person just gone.

【作品賞析】

妳為他死，我為妳歌

美國詩人龐德（Ezra Pound，1885-1972）與法國舞伶艾歐妮相識於倫敦，當時他與美國女詩人杜麗特（Hilda Doolittle）論及婚嫁，她則與同團男舞者兼英國詩人紐倫堡（Victor Benjamin Neuburg）談著註定無緣的戀愛，因為紐倫堡真正愛的是團長兼英國男詩人克勞利（Aleister Crowley）。

龐德第一次見到艾歐妮，便是在克勞利自編自導的《艾盧西斯儀式》（*The Rites of Eleusis*）上。艾盧西斯

是古希臘的宗教中心，以「艾盧西斯秘儀」（Eleusinian Mysteries）著稱，是祭祀農業女神狄米特（Demeter）和女兒冥后波西芬尼（Persephone）的神秘儀禮。克勞利以此為靈感創作歌劇《艾盧西斯儀式》，共計七場儀式，分別以古代天文學的七大行星命名為：土儀、木儀、火儀、日儀、金儀、水儀、月儀，艾歐妮擔綱月儀的首席舞伶，1910 年 10 月、11 月在倫敦卡克斯頓廳（Caxton Hall）上演，場場爆滿。

當時龐德和艾歐妮都是英國女作家杭特（Violet Hunt）文學沙龍的座上賓，龐德是英姿颯爽的美國文青，艾歐妮是青春正盛的法國舞伶，雖然各自有情人，但總少不了幾番眉目傳情。1912 年，艾歐妮與紐倫堡分手，因走不過情關於 8 月 2 日自我了結，玉碎花銷，她翩翩起舞的倩影，從此只能在龐德的詩裡尋覓。

繆思不死，意象長存

艾歐妮死後，龐德寫了〈舞姿〉（"Dance Figure"）、〈艾歐妮，死了這漫長的年〉、〈春天〉（"The Spring"）等詩悼念她。這時龐德已經開始嘗試創作意象派詩歌（Imagist Poetry），講求以凝練的文字呈現詩人直觀的體驗，一如日文徘句和中國古詩。為了錘鍊字句，讓英詩也能像漢詩那樣鋪排意象，龐德在 1913 年得到

美國哲學家費諾羅沙（Ernest Fenollosa）中國古詩及詩學的遺稿後，便耗時兩年將其中的中國古詩整理成《古中國》（*Cathay*，1915）出版，收錄李白、王維、枚乘、郭璞、盧照鄰、陶淵明等人的詩歌英譯18首。此外，龐德還參考了英國漢學家翟理斯（Herbert Allen Giles）的《中國文學史》（*A History of Chinese Literature*，1901），以形象詩為初唐文人傅奕和詩仙李白寫作英文墓誌銘。

〈艾歐妮，死了這漫長的年〉寫於1913年——艾歐妮逝世一年後。這年龐德的女友杜麗特嫁給了文友奧汀頓（Richard Aldington），想當年三人一同在大英博物館的茶室發起了意象派運動，而今三人談文論藝的日子已成明日黃花，龐德難免有幾分落寞，加上適逢紅粉知己的忌日，忍不住詩興大發。整首〈艾歐妮，死了這漫長的年〉移情於景，前四句白描人去樓空的冷清，第五句以「卻有何用」作為轉折，帶出詩人之所以感到冷清，其實是因為艾歐妮已不在人間。全詩情景交融，寓情於景，別開英詩生面。那句「腳步卻似剛過」韻味無窮，龐德的繆思不死，艾歐妮輕盈的舞步將長存在讀者心中。

▶ **延伸聆賞**
〈艾歐妮，死了漫長的年〉合唱版

—— ｛文學一瞬｝ ——

　　龐德最終情歸何處？1914年，他與英國藝術家夏碧兒（Dorothy Shakespear）成婚，這椿親事還是夏畢兒的母親英國小說家奧莉維亞（Olivia Shakespear）作的媒。奧莉維亞家境富裕，在倫敦文學圈舉足輕重，曾與詩人葉慈有過一段情。1909年，龐德成為奧莉維亞文學沙龍的常客，奧莉維亞因此邀請龐德到家裡喝茶，未料女兒夏碧兒對他一見傾心。1910年6月，夏畢兒在母親的陪伴下到義大利西米歐尼島找龐德，三人在湖邊度過了愉快的夏日，夏畢兒自認已與龐德訂親，但龐德與美國女詩人杜麗特另有婚約，因此，這椿親事一直到1914年才談成。婚後龐德風流韻事不斷，但夏碧兒始終不離不棄。第二次世界大戰結束後，龐德因曾經支持希特勒遭美國政府以叛國罪起訴，被監禁在華盛頓的精神病院長達12年，夏碧兒不惜為愛移居美國，只為了能日日去病院探望龐德。然而，龐德最後死在美籍小提琴家魯姬（Olga Rudge）的懷裡，兩人情纏五十年，育有一女。

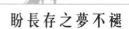
石上的影子

哈代

The Shadow on the Stone (1917)

我經過德魯伊石
瑩白熒熒在園子裡沉思，
我駐足看那婆娑的影子
偶然落在那石上
從近旁大樹的搖盪
在我的綺想裡化作
熟悉的頭影和肩影，
當她在園子裡弄草蒔花。

我想我背後是她，
早就明白少了的那個她，
我說：「我知道妳站在我背後，
妳怎麼跑到這老路上來了呀？」
悄無人聲，葉子飄落

悽然作答；我強忍悲傷
硬是不回頭去看
我的綺想不在。

但我想看想知道
背後有沒有站人；
但轉念一想：「算了，還是別抹去
綺想裡的影子，說不定真的有呢。」
我輕輕從林間走開，
留下她石上的影子，
彷彿她當真顯靈──
頭也不回讓夢不致褪去。

     I went by the Druid stone

      That broods in the garden white and lone,

And I stopped and looked at the shifting shadows

    That at some moments fall thereon

    From the tree hard by with a rhythmic swing,

     And they shaped in my imagining

To the shade that a well-known head and shoulders

    Threw there when she was gardening.

I thought her behind my back,

Yea, her I long had learned to lack,

And I said: 'I am sure you are standing behind me,

Though how do you get into this old track?'

And there was no sound but the fall of a leaf

As a sad response; and to keep down grief

I would not turn my head to discover

That there was nothing in my belief.

Yet I wanted to look and see

That nobody stood at the back of me;

But I thought once more: 'Nay, I'll not unvision

A shape which, somehow, there may be.'

So I went on softly from the glade,

And left her behind me throwing her shade,

As she were indeed an apparition—

My head unturned lest my dream should fade.

【作品賞析】

致我們逝去的愛

哈代（Thomas Hardy，1840-1928）這首〈石上的

影子〉是悼念亡妻艾瑪（Emma Lavinia Gifford）的詩作。哈代與艾瑪初識於 1870 年，哈代當時是一名建築師助理，奉命到康瓦爾郡評估聖朱莉塔教堂修復案，艾瑪的姐夫是隔壁教區的牧師，艾瑪長住在此協助姊姊管理牧區和家務。這年，艾瑪和哈代都 30 歲，她愛他的書卷氣息，他愛她的天真活力，哈代在艾瑪的鼓勵下開始出版小說，還將兩人的愛情故事寫成《藍眼睛的少女》（*A Pair of Blue Eyes*，1873）。

哈代與艾瑪於 1874 年成婚，或許婚姻真的是愛情的墳墓，兩人婚後感情並不和睦，結婚多年膝下猶虛，隨著哈代文名日盛，艾瑪愈加寂寞，晚年隱居在自家閣樓裡，並在札記中寫下對婚姻和丈夫的負面看法。1912 年 11 月 27 日，艾瑪病逝，哈代在閣樓裡發現亡妻的手札，深感愧疚，寫了一百餘首悼亡詩，其中 21 首收在《1912-13 年詩歌選錄》（*Poems of 1912-13*），並以「昔日情焰的餘燼」（Veteris Vistigia Flammae）作為題詞，以此致兩人逝去的愛。

在將近四十年的漫長婚姻裡，年少的激情已冷卻成詩中的「德魯伊石」，哈代對艾瑪的印象則模糊成石頭上婆娑的樹影，老夫想與老妻對話，卻只聽見樹葉落下。儘管如此，哈代對艾瑪依舊深情密意，否則也不會在綺想裡召喚出亡妻的影子，並在詩中第三段援引希臘神話中奧菲斯（Orpheus）的典故，含蓄傳達對亡妻的思念。

奧菲斯是太陽神與繆思女神之子，能作曲又能唱，用以借喻詩人哈代；奧菲斯的妻子則是美麗的林間水神尤麗蒂（Eurydice），奧菲斯常為愛妻唱歌，藉以傾訴對妻子的愛意，藉以象徵哈代為艾瑪為文作詩表達情意。一日，尤麗蒂遭毒蛇咬死，奧菲斯不勝悲慟，乞求冥王讓尤麗蒂死而復活，冥王為其癡情感動，便准許奧菲斯帶亡妻返回人間，但要求在離開冥府的路上，奧菲斯不准回頭看尤麗蒂，直到兩人抵達凡間才准相望。因此，哈代在詩末「頭也不回」，盼望艾瑪能因此長存在人間。

將一顆詩心留給妳

從 1898 年的《威賽克斯詩選》（*Wessex Poems and Other Verses*）算起，哈代生前共出版八部詩集，總計寫了一千多首詩，還出版了三巨冊的史詩劇《列王》（*The Dynasts*，1904–08），其中追憶艾瑪的悼亡詩《1912-13 年詩歌選錄》咸認是其詩藝精進的轉捩點。1928 年，哈代病逝，骨灰葬在西敏寺的詩人角，但他的心則遵照其遺囑，在火化前先挖出來與艾瑪同葬，將一顆詩心保留給髮妻。

—— {文學一瞬} ——

在神話故事裡，奧菲斯因為思妻心切而忍不住回頭，尤麗蒂的亡魂因此永歸冥府。再次失去愛妻的奧菲斯萬念俱灰，誓言從此不再愛上其他女子。而在現實生活中，哈代在艾瑪逝世隔年與杜黛兒（Florence Dugdale）同居，這對相差 39 歲的戀人於 1914 年成為配偶。

杜黛兒婚後自覺活在艾瑪的影子裡，哈代不僅在詩中回憶與艾瑪從青春到白髮的歲月，甚至親自拖著年邁的身軀，走訪兩人當年相識相戀的康瓦爾郡，懷念賞識自己文才的那位藍眼睛的少女。想當年哈代提筆寫小說是因為艾瑪，封筆也是因為艾瑪。哈代最後一部長篇小說《無名的裘德》（*Jude the Obscure*，1895）的內容對宗教和婚姻制度多所批評，出版後引起輿論譁然，令虔誠的艾瑪也頗不以為然，哈代從此不寫小說，改當詩人。

▶ 延伸聆賞
〈石上的影子〉英文朗讀版

多情女子的天鵝之歌

小哀歌

懷麗

Little Elegy (1928)

少了你，
薔薇不生，
千葉不綠
倘若見不著
你甜甜的臉；
鳥兒少了恩典
無力鳴囀；
世間少了
美與善，
而你不在。

Withouten you
No rose can grow;

No leaf be green

If never seen

Your sweetest face;

No bird have grace

Or power to sing;

Or anything

Be kind, or fair,

And you nowhere.

【作品賞析】

多情女子的天鵝之歌

　　美國女詩人懷麗（Elinor Wylie，1885-1928）用盡才情，將〈小哀歌〉獻給此生最後一位摯愛——伍德豪斯（Henry de Clifford Woodhouse）。在此之前，懷麗曾經有過三段婚姻。20歲時，懷麗與深具詩人氣質的哈佛畢業生奚齊博（Philip Simmons Hichborn）私奔，五年後懷麗拋夫棄子，與有婦之夫韋利（Horace Wylie）律師遠走高飛英格蘭，奚齊博憤而自殺，懷麗在華府的親友無不譁然，小倆口因此在英格蘭住了四年，直到第一次世界大戰爆發，英國向德國宣戰，懷麗才與韋利悄悄回美國避居，等到1916年韋利與妻子離異後正式成婚，

兩人已經同床異夢，懷麗一心都在紐約文學界，1923 年與詩友班奈特（William Rose Benét）結為連理。

懷麗回美國後，開始在文友的鼓勵下將作品投稿到《詩歌》雜誌，其代表作〈天鵝絨的鞋子〉（"Velvet Shoes"）於 1920 年 5 月發表，以晶瑩剔透的文字描繪冬雪裡的寂靜，留美漢學家周策縱曾於 1953 年中譯：「我們要穿上天鵝絨的鞋子散步：／無論到什麼地方／靜寂會像露水般落下來／落在下面白色的靜寂上。／我們去雪上散步。」由於〈天鵝絨的鞋子〉獲得佳評，懷麗於 1921 年出版第一本詩集《捕風網》（Nets to Catch the Wind），直至 1928 年病逝前，懷麗共出版四部詩集，最後一部《天使與凡人》（Angels and Earthly Creaturcs，1928）便是獻給此生最後的戀人——伍德豪斯。

懷麗與第三任丈夫班奈特的婚姻維持了五年，兩人於 1928 年分居，懷麗獨自旅居倫敦，在這裡邂逅了朋友的丈夫伍德豪斯，儘管兩人互有情意，時常一同散步談天說地，但懷麗自知病重難癒、來日無多，便在短短數月間淋漓盡致揮灑才思，整整寫了 19 首十四行詩獻給伍德豪斯，全數收在《天使與凡人》裡。這本詩集的架構一如愛情的綻放與凋萎，〈小哀歌〉便是最後一首，用以哀悼這段尚未開始便結束的戀情，亦用以傷悼女詩

人早逝的生命，成為這位多情女子的天鵝之歌。

後世傳唱的經典之作

懷麗在世時雖然詩名遠播，亡故後卻乏人問津，除了〈天鵝絨的鞋子〉列入經典傳世之外，便要屬這首〈小哀歌〉流傳最廣，先後於 1946 年和 1948 年由美國作曲家杜克（John Duke）和羅倫（Ned Rorem）譜曲。杜克常將美國詩人的作品譜成藝術歌曲，曲調和諧，優美而浪漫，他的〈小哀歌〉音階跨度大，高音哀切，低音淒涼，情感張力十足，多位美國女高音都曾在音樂會上演唱過，深受世人喜愛。相較之下，羅倫的〈小哀歌〉則有德布西（Achille-Claude Debussy）印象樂派的影子，曲調自然平實，曲風輕柔靜謐，尤以美國次女高音蘇珊·葛蘭姆（Susan Graham）的演唱版本最為知名。

▶ **延伸聆賞**
〈小哀歌〉次女高音演唱版

—— {文學一瞬} ——

　　懷麗家世顯貴，由於父親胸懷政治野心，因此懷麗
自幼便在華府成長，並接受名媛養成教育，懷麗 18 歲
那年，父親當上美國司法部高官，懷麗遂以大家閨秀之
姿在華府社交圈亮相，憑著其文才及美貌，家人都指望
她嫁進好人家。可是，懷麗並不想進入豪門當貴婦，她
想寫詩，所以才選擇嫁給極富詩人氣質的奚齊博，並在
第二任丈夫韋利的鼓勵下自費匿名印行《偶然詩集》
（Incidental Numbers，1912），第三任丈夫班奈特索性
直接當起懷麗的文學經紀人，在她生命的最後一天，兩
人還在紐約看《天使與凡人》的打字稿，懷麗請班奈特
幫忙倒水，他拿著水杯回來時，她顫顫巍巍走向他，說：
「就這樣嗎？」接著便暈倒在地，死於中風，享年 43 歲。

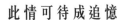

此情可待成追憶

葬禮藍調

奧登

Funeral Blues (1938)

將時鐘停擺，將電話切掉，
拿根多汁的骨頭要狗兒別叫，
鋼琴別吵，鼓聲悄悄
抬出靈柩，請賓客進來哀悼。

讓飛機在空中盤旋悲鳴
潦草寫下「他死了」的音訊。
將黑綢領結繫在信鴿的白頸，
要交通警察戴上黑色棉手套。

他曾是我的南北東西，
他是週一到週五，他是週六和歇息，
他是我的月，我的夜，我的話，我的歌，
以為愛情會地老天荒，是我錯了。

星光現在不要；都滅掉，
月亮收起，太陽撤走，
海水傾盡，森林掃空，
因這世間不再有美好。

Stop all the clocks, cut off the telephone,
Prevent the dog from barking with a juicy bone,
Silence the pianos and with muffled drum
Bring out the coffin, let the mourners come.

Let aeroplanes circle moaning overhead
Scribbling on the sky the message 'He is Dead'.
Put crepe bows round the white necks of the public doves,
Let the traffic policemen wear black cotton gloves.

He was my North, my South, my East and West,
My working week and my Sunday rest,
My noon, my midnight, my talk, my song;
I thought that love would last forever: I was wrong.

The stars are not wanted now; put out every one,

Pack up the moon and dismantle the sun,

Pour away the ocean and sweep up the wood;

For nothing now can ever come to any good.

【作品賞析】

超有戲的輓詩

　　這首〈葬禮藍調〉最初用於舞台演出，出自 1936
年奧登（W. H. Auden，1907-1973）與小說家伊薛伍德
（Christopher Isherwood，1904-1986）合著的劇本《攀
上 F6 高峰》（*Ascent of F6*）。「F6 高峰」位在英國殖
民地的邊境，與奧斯托尼亞帝國（Ostonia）殖民地接壤，
兩國為了爭奪這塊無主地，雙雙派出人馬搶攻。英國這
邊由高官詹姆斯指派胞弟麥可率眾遠征，不料遠征隊在
途中病死無數，最後只剩麥可踽踽獨行，在即將攻頂之
際，麥可看見詹姆斯化為惡龍來襲，因而在情急之下手
刃胞兄，英國政壇明星就此殞落，〈葬禮藍調〉便是悼
念詹姆斯的輓歌，由布瑞頓（Benjamin Britten）譜曲、
海蒂・安德森（Hedli Anderson）演唱。

　　海蒂・安德森的歌聲婉轉動聽，讓人幾乎忘卻〈葬
禮藍調〉的諷刺意味——奧登藉由英國遠征隊攀上 F6

高峰的情節，針砭帝國主義擴張的野心犧牲了無辜人民的性命，而政界高官卻從中得利，劇尾平民代表麥可斬殺惡龍高官詹姆斯，以骨肉相殘的悲劇，譏刺英國官民自相殘殺，平民百姓卻為了惡龍之死舉國致哀，「讓飛機在空中盤旋悲鳴／潦草寫下『他死了』的音訊」，大有挖苦民眾愚昧之意。

然而，布瑞頓的藍調太激越，海蒂的歌喉太動人，奧登因此將〈葬禮藍調〉從劇本《攀上 F6 高峰》中抽出來改寫，現行的版本保留原詩前兩段，後兩段則改為「他曾是我的南北東西，／他是週一到週五，他是週六和歇息」，用以哀悼詩人逝去的戀情，與另外三首詩合稱「寫給海蒂・安德森小姐的四首歌舞樂」（Four Cabaret Songs for Miss Hedli Anderson），收錄於奧登的代表詩集《另一個時代》（Another Time，1940）。

既出戲又入戲的哀歌

從嘲諷國事到感懷失戀，〈葬禮藍調〉展現了奧登駕馭文字的不凡功力，既能讓演員在舞台上高聲演唱，也能讓讀者在書桌前黯然神傷，難怪英國編劇鬼才李察・寇蒂斯（Richard Curtis）會將此詩寫入電影劇本《妳是我今生的新娘》（Four Weddings and a Funeral，1994），隨著電影在全球各地締造票房佳績，〈葬禮藍

調〉也成為奧登最著名的詩作之一。

　　如同英文片名所示，此片的男女主角在共同經歷「四場婚禮和一場葬禮」之後，終於決定攜手共度餘生。電影中的葬禮追思了男主角好友的同志愛人，男主角的好友在葬禮上朗誦〈葬禮藍調〉，唸到那句「以為愛情會地老天荒，是我錯了」，語氣中此情可待成追憶的懊悔簡直要溢出螢幕，兩人生前說好的此情不渝，又哪裡敵得過上帝的召喚？失伴的戀人從此舉目皆哀愁，日月星光都黯淡，「海水傾盡，森林掃空，／因這世間不再有美好。」

　　編劇寇蒂斯巧妙安排男同志為其同志愛人朗誦〈葬禮藍調〉，可說是奧登的知音，藉此影射奧登的同志身份。儘管奧登的法定配偶是德國大文豪湯瑪斯・曼（Paul Thomas Mann）的女兒愛麗卡・曼（Erika Mann），兩人於 1935 年成婚，但這段婚姻其實有名無實，目的只在讓反納粹的愛麗卡能持英國護照逃出德國，1938 年奧登改寫〈葬禮藍調〉時，心心念念的還是其同志愛人。此詩先出戲而後又入戲，藉戲寫實、因劇走紅，戲裡戲外虛實交錯，堪稱最有戲的輓詩。

▶ **延伸聆賞**
〈葬禮藍調〉電影朗讀版

—— ｛文學一瞬｝ ——

　　奧登早年與伊薛伍德過從甚密，除了《攀上 F6 高峰》之外，兩人還合寫了兩部戲劇，並於 1938 年同遊中國報導中日戰爭，隔年寫成《戰地行》（*Journey to a War*）出版，伊薛伍德以生動的散文記敘訪華見聞，奧登則以十四行組詩抒發對戰爭和文明的反思。這趟中國之旅讓奧登拜會了蔣介石夫婦等政界要人，目睹了孔祥熙、杜月笙等富商的排場，也結識了邵洵美等文壇作家。奧登在《戰地行》的〈前言〉感謝邵洵美，並在書中收錄一首由邵洵美「英譯」的〈中國游擊隊之歌〉（a song of the Chinese guerrilla units），絲毫不曉得這是邵氏的即興英文詩作。《戰地行》出版後，邵氏將這首英文詩歌中譯發表在《自由譚》，名譟一時，成為中外文壇交流史上的一段趣聞。

{輯三}

緬懷故友

本輯收錄的四首悼亡詩，包括：密爾頓〈李希達〉、雪萊〈艾朵尼〉、阿諾德〈瑟西士〉、史文朋〈行禮永訣〉，都沿用古希臘詩人西奧克里特斯的牧歌傳統，其情節與筆法為羅馬詩人維吉爾承襲並轉化，為古典牧野輓歌成規奠定基礎，並由密爾頓在英國發揚光大。

密爾頓將劍橋大學的學弟金恩，比喻為繆思使者李希達，將劍橋校園化作希臘牧野，將同窗共讀的情誼化為朝夕牧羊的歡欣，從而將古希臘牧歌轉化成悼念文友的輓歌。雪萊、阿諾德、史文朋皆依循此規，分別以〈艾朵尼〉悼念濟慈、〈瑟西士〉悼念克洛夫、〈行禮永訣〉悼念波特萊爾，四位詩人皆以愁苦淬礪詩藝，將痛失知音的淒清，寄情於千年前的希臘牧野，以遼闊的時空接納心底的悵惋，筆下文字哀而不傷，在死亡的荒野栽種出一片異域的風景。

李希達

密爾頓

Lycidas (1638)

就再一次，喔！月桂，再一次
褐色的桃金孃、永不枯萎的常春藤，
我來摘取你們青黃酸澀的漿果，
用我粗暴又不得不然的手指，
搖碎你們的葉子不等你們成熟。
酸楚的圍限、由衷痛心的緣由，
迫使我打亂你們當令的時節：
李希達死了，來不及盛年就死了，
青年李希達，尚未和同伴惜別：
誰會不肯為李希達引吭？他
自負詩才，亦撰寫高貴詩行，
他絕不能漂浮於浩瀚水棺
而無人哀泣，任焚風吹盪
而無哀歌淚水的報償。

我們倆，在綠茵映現之前，
在晨曦尚未睜眼之時，
一塊兒把羊趕往牧野，聆聽
馬蠅吹響她燥熱的號角，
用新採的夜露養肥的群羊，
常常忙到昏星照耀夜空
傾斜了西沉的輪軸。
鄉村小調從早到晚不歇，
牧歌伴著麥笛鎮日縈繞，
山羊神和農牧神踏著偶蹄起舞，
愉悅的樂聲罕聞間斷，
老達米特多愛聽我們放歌。

喔！巨變啊，如今你走了，
如今你走了，再也不回來！
牧羊人啊！山林啊！洞穴荒蕪著
野生的百里香和滋蔓的爬藤
迴盪著他們的哀悼。
青青的柳樹和榛樹，
再也看不到他們歡欣的枝葉
扇開在你輕柔的牧歌中。
尺蠖之於玫瑰多麼致命，
如同污蟲之於剛斷奶的小羊，

如同嚴霜之於花朵，鮮豔的衣裳
殘破在白色山楂花初綻的時節，
如同你的逝去之於牧羊人的耳朵。

Yet once more, Oh ye Laurels, and once more

Ye Myrtles brown, with Ivy never-sear,

I com to pluck your Berries harsh and crude,

And with forc'd fingers rude,

Shatter your leaves before the mellowing year.

Bitter constraint, and sad occasion dear,

Compels me to disturb your season due:

For *Lycidas* is dead, dead ere her prime

Young *Lycidas*, and hath not left his peer:

Who would not sing for *Lycidas*? he well knew

Himself to sing, and build the lofty rhyme.

He must not float upon his watery bear

Unwept, and welter to the parching wind,

Without the meed of som melodious tear.

Together both, ere the high Lawns appear'd

Under he opening eye-lids of the morn,

We drove a field, and both together heard

What time the Gray-fly winds her sultry horn,

Batt'ring our flocks with the fresh dews of night,

Oft till the Star that rose, at Ev'ning, bright

Toward Heav'ns descent had slop'd his westering wheel.

Mean while the Rural ditties were not mute,

Temper'd to th'Oaten Flute,

Rough Satyrs danc'd, and Fauns with clov'n heel,

From the glad sound would not be absent long,

And old Damatas lov'd to hear our song.

But O the heavy change, now thou art gon,

Now thou art got, and never must return!

Thee Shepherd, thee the Woods, and desert Caves,

With wilde Thyme and the gadding Vine o'regrown,

And all their echoes mourn.

The Willows, and the Hazle Copses green,

Shall now no more be seen,

Fanning their joyous Leaves to thy soft layes.

As killing as the Canker to the Rose,

Or Taint-worm to the weanling Herds that graze,

Or Frost to Flowers, that their gay wardrop wear,

When first the White thorn blows;

Such, Lycidas, thy loss to Shepherds ear.

惺惺相惜的同窗情誼

英國詩人密爾頓（John Milton，1608-1674）以中年全盲後寫下的史詩鉅作《失樂園》（*Paradise Lost*）聞名。這首〈李希達〉，是他在英國詩壇展露頭角的少作，1637 年 11 月完稿，用以悼念劍橋大學的學弟金恩（Edward King）。

若說密爾頓是大器晚成，金恩則是少年得志。金恩 1612 年生於都柏林，家世顯赫，父親擁有爵士頭銜，是英王派駐愛爾蘭王國的樞密院顧問。金恩 1626 年進入劍橋基督學院，1630 年畢業後榮獲英王查理一世任命，得到令人欽羨的劍橋基督學院研究教職，這年他才 18 歲，平日除了教學行政工作，還擔任劍橋禮拜堂講道職務，加以家族政教關係優越，前景一片大好。同時間，比金恩高一屆的密爾頓仍在劍橋攻讀碩士，儘管 1632 年以第四名的成績畢業，離校後也只是隱居倫敦郊區賦閒讀書，既無職業、亦未成家。

1637 年，金恩搭船返鄉探親，因船隻沉沒身故，得年 25 歲。密爾頓聞此噩耗，不免物傷其類，決意承襲劍橋大學發揚古典牧歌的傳統，將當年自己和金恩的同儕競爭化為純樸牧人的情誼互動，密爾頓自比為牧歌詩

人，金恩則化身繆思使者李希達，劍橋大學則是英國的牧野桃源，兩人在詩中朝夕牧羊、盡忠本業，山羊神和農牧神是兩人的劍橋同窗，老達米特則是劍橋大學的教授，老、少牧人分享演唱牧歌，象徵校園裡絃歌不輟，也代表了劍橋師生的學術傳承。

牧野輓歌的登峰之作

〈李希達〉全詩沿襲古典牧野輓歌成規，包括牧歌詩人向繆思乞靈賦詩、回溯生者與逝者的情誼、質疑神祇疏失導致逝者命運多舛、悼殤隊伍問答解開心結、草木含悲天地變色、逝者神話升天獲得慰藉，全詩共 194 行，此處譯出第一、三、四詩節，開篇提及的「月桂」、「桃金孃」、「常春藤」引用牧歌典故——月桂為太陽神所鍾愛，代表詩歌靈感，桃金孃則為愛神所喜，代表永恆愛情，而常春藤是酒神的最愛，代表學識智慧，古希臘人用這三種常綠枝葉編織詩人桂冠，但卻被密爾頓魯莽摘採，以此比喻自己詩藝未臻成熟便倉促成詩，也暗喻金恩尚未盛開便遭命運拈折。詩首緬懷兩人朝夕相處的劍橋歲月，詩末（172-185 行）則融入《聖經》常見的牧羊人意象，並讓李希達重生成為航海守護神。

〈李希達〉全詩融合古典與基督教兩大牧歌傳統，不僅匯集各式牧歌成規、旁徵博引牧歌典故，更將校園

與牧野緊密結合，公認是英國文藝復興時代牧野輓歌中登峰造極之作，為華文詩人余光中欽點為英文悼詩之首。

▶ 延伸聆賞
〈李希達〉英文朗讀版

───── ｛文學一瞬｝ ─────

　　誰是「李希達」？李希達是「牧歌之父」西奧克里特斯筆下的鄉野牧羊人，終日遊蕩於山林曠原，唱起牧歌渾然天成。在西奧里特的〈牧歌七〉中，牧歌詩人於日正當中在荒野趕路，途中李希達忽然現身，先示範指導牧歌詩人頌唱牧歌，唱畢則贈予象徵智慧的橄欖枝，之後旋即消失無蹤，一切彷彿神祇乍現。密爾頓引用這個典故，將學弟金恩比喻為李希達，將自己比喻為牧歌詩人，一來表示金恩的詩藝技高一籌，二來則象徵自己將完成金恩未竟之志。1638 年，〈李希達〉收錄於《金恩紀念詩集》首次出版，這時密爾頓尚未成名，署名亦僅遵照詩集體例，以姓名縮寫「J.M.」示人，爾後密爾頓遵循英國詩人由牧歌至史詩的生涯典範，從〈李希達〉走向《失樂園》，接下了李希達賦予的橄欖枝。

墨西哥金鳳凰之作

悼念尊貴夫人

瑱娜·茵內斯修女

On the Death of That Most Excellent Lady[5] (1674)

就隨妳逝去吧，蘿拉，妳逝去了
對妳的眷戀都落了空，
得妳眷顧的眼眸
見不到光華不再閃爍。

就讓這把里爾琴迴盪妳揚起的
聲響，朽毀在妳芳名的呼喚，
讓這笨拙的塗寫代表我的筆尖
在痛苦中流下黑色的淚水。

就讓死神憐惜，懊悔自己
受律法約束無法饒恕妳，

5　本詩原為西班牙文，此處由 Alan S. Trueblood 英譯。

讓愛神哀嘆這苦澀的境遇，

他那貪歡的心倘若曾經
渴望拿妳做盛宴的眼睛，
如今只能流下無盡的淚。

Let them die with you, Laura, now you are dead,
these longings that go out to you in vain,
these eyes on whom you once bestowed
a lovely light never to gleam again.

Let this unfortunate lyre that echoes still
to sounds you woke, perish calling your name,
and may these clumsy scribblings represent
black tears my pen has shed to ease its pain.

Let Death himself feel pity, and regret
that, bound by his own law, he could not spare you,
and Love lament the bitter circumstance

that if once, in his desire for pleasure,
he wished for eyes that they might feast on you,

now weeping is all those eyes could ever do.

誠摯的主僕情誼

　　1664 年，一位寂寂無名的墨西哥少女進了新西班牙總督的宮廷，從此青史留名——這位少女就是瓊娜・茵內斯（Sor Juana Ines de la Cruz，1648-1695），史稱「墨西哥第十繆思」及「墨西哥金鳳凰」，肖像至今仍印在墨西哥紙幣上。

　　瓊娜出身寒微，1648 年出在墨西哥城外，父親是四處流徙的軍人，母親是農莊主之女，兩人並未成婚，因此瓊娜是私生女。瓊娜天資聰穎，三歲識字，八歲遍覽外公書房裡的書，聽說墨西哥城裡的皇家暨教皇大學（La Real y Pontificia Universidad）傳授各門學問，便央求母親讓她女扮男裝進城讀書。由於當時女子不能接受教育，因此母親只讓她進城住在嫁入豪門的阿姨家。瓊娜在阿姨家上了二十堂拉丁文法課，從此以拉丁文作詩，文名傳遍全城。

　　1664 年，新西班牙總督曼塞拉侯爵（Marqués de Mancera）上任抵達墨西哥，侯爵夫人朵涅・萊昂諾・

卡雷托（Doña Leonor Carreto）才貌雙全，常在城裡舉辦文學沙龍結交貴族仕女，一聽說璜娜文采風流，便差人召她入宮，璜娜從此常伴夫人左右，並創作詩歌和戲劇作為宮廷娛樂。璜娜入宮時十六歲，雖然宮中追求者眾，但因璜娜出身微賤，不能與貴族子弟通婚，為了避免被權貴玩弄於股掌之間，璜娜在侯爵夫人的牽線下於1667 年進入修道院，從此在書香中度過餘生。

　　1673 年，曼塞拉侯爵卸任新西班牙總督，隔年偕同夫人從墨西哥城出發返回西班牙，啟程不久侯爵夫人便於普埃布拉過世，璜娜聞訊後在修道院裡寫下四首悼詩，以侯爵夫人早年在文學沙龍的別號「蘿拉」（Laura）稱之，遙想主僕二人賦詩唱和的宮中韶華，並感念夫人當年的知遇之恩。

飽讀詩書的聖潔修女

　　〈悼念尊貴夫人〉是璜娜四首悼詩的第四首，形式為十四行詩，前八行一層意思、後六行一層意思。首四行璜娜懷念年少時與夫人心照神交，後四行影射作詩目的──「里爾琴」（lyre）奏出哀音、「筆」（pen）尖流下淚水，接續死神登場凸顯詩旨──憐惜夫人早逝，最後透過愛神的眼睛側寫夫人的美貌，並以愛神的淚水與前八行互相呼應，是一首結構精緻、文字優美的悼

詩，1684 年收錄於璜娜作品選《文思泉湧》（*Castalian Inundation*）在西班牙馬德里出版。

　　璜娜當年在尊貴夫人的幫助下進入聖保祿修道院，不僅享有私人密室及奴僕服侍，還擁有藏書四千餘冊的私人圖書館，讓璜娜得以繼續進德修業、大展文才，以教名璜娜・茵內斯修女替宮廷和教會寫作，文類跨越詩歌、散文、戲劇，尤以詩歌為多，主題包括友誼、情詩、個人寫照，詩風承襲中世紀、文藝復興至巴洛克風格，作品在墨西哥和西班牙廣為流傳，時至今日仍享譽文壇。若非曼塞拉侯爵夫人當年伯樂一顧，否則璜娜或許只能在宮花寂寞紅的閨怨中度過餘生。

—— { 文學一瞬 } ——

　　瓊娜的文學生涯看似一帆風順，但一路上並非波瀾不驚。1690 年，瓊娜私下批評耶穌會教士維埃拉（António Vieira）的文字遭人剽竊出版，出版者署名「菲洛蒂亞修女」（Sor Filotea de la Cruz），實為普埃布拉主教費南德斯（Manuel Fernández de Santa Cruz）。費南德斯引用此文駁斥瓊娜過於沉迷世俗文學而疏於研讀天主教奧義，為此瓊娜於 1691 年發表《答菲洛蒂亞修女函》（*Respuesta a sor Filotea de la Cruz*），內容為女性的不平等地位發聲，並捍衛自己探索知識的求知慾與權利。這篇文章成為拉美女性主義的先驅，但卻未能平息教會對女流之輩飽讀詩書的疑忌，甚至招來墨西哥大主教亞基雅（Francisco de Aguiar y Seijas）公開譴責。隔年墨西哥開始鬧飢荒，瓊娜賣掉圖書館藏書，將收益捐贈給窮人，從而結束其燦爛的文學生涯。1695 年，修道院爆發瘟疫，瓊娜在照顧其他修女時染病逝世，享年 46 歲。

悼理查・韋斯特
十四行詩

湯馬士・格雷

Sonnet on the Death of Mr Richard West (1742)

枉費晨曦笑盈盈把我照耀，
日神紅浸浸舉起金色火焰：
枉費齊聲歡唱情歌的好鳥，
歡欣的原野又是一身綠妍：
哎，我的耳朵貪聽別種聲音，
貪看別樣景緻是我的眼睛。
孤寂的淒涼只能融化我的心，
在心底消逝這缺憾的歡景。
可那白晝笑著鼓舞那趕路的，
給那歡愉的人兒捎來快樂：
原野依舊為世人奉上了貢品，
好鳥哀聲溫暖了小愛小情：

而我的哀悼他聽不見，我流淚，
只因為再多淚水也是枉費。

In vain to me the smiling mornings shine,

And redd'ning Phoebus lifts his golden fire:

The birds in vain their amorous descant join;

Or cheerful fields resume their green attire:

These ears, alas! for other notes repine,

A different object do these eyes require:

My lonely anguish melts no heart but mine;

And in my breast the imperfect joys expire.

Yet morning smiles the busy race to cheer,

And new-born pleasure brings to happier men:

The fields to all their wonted tribute bear;

To warm their little loves the birds complain:

I fruitless mourn to him that cannot hear,

And weep the more, because I weep in vain.

伊頓公學四結義

　　湯馬士‧格雷（Thomas Gray，1716-1771）和理查‧韋斯特（1716-1742）相識於伊頓公學，這一年他們 10 歲。不像其他小男孩魯莽好動、說話帶刺，格雷和韋斯特喜歡閱讀詩歌和古典文學，因而與同樣斯文的華爾波（Horace Walpole）、艾胥騰（Thomas Ashton）組成「四結義」（Quadruple Alliance）。領頭的華爾波出身權貴，父親是英國首相，格雷家境富裕，父親是倫敦布商行會的監事，韋斯特最早展露詩才，連做夢都在寫詩，艾胥騰則和其他三人較為疏離。

　　四人從伊頓公學畢業後，韋斯特進入牛津大學基督堂學院，格雷則與華爾波、艾胥騰就讀劍橋大學，並開始用拉丁文寫詩，在同儕之間頗富文名。1737 年夏天，華爾波喪母，1738 年初，父親續絃，華爾波十分落寞，父親因此建議他邀請好友同赴歐洲壯遊。此時格雷和韋斯特也已完成大學學業回到倫敦，一同在內殿律師學院攻讀法律，華爾波原本打算邀兩人同行，但因韋斯特體弱多病，最後由格雷陪同，兩人於 1739 年出發至法國、瑞士、義大利遊歷。

　　格雷在歐洲時常寫信給韋斯特，期盼以旅途風光及

各地趣聞鼓舞抱病讀書的摯友，但似乎適得其反。1741
年，格雷和華爾波在義大利鬧翻——格雷想參觀古蹟，
華爾波卻流連宴會，格雷因此返回倫敦與韋斯特作伴。
1742 年，韋斯特肺癆惡化，決定離開烏煙瘴氣的倫敦北
上赫特福德郡靜養，同年 6 月 1 日病逝，得年 26 歲。
格雷寫了三首英詩遣懷，包括〈悼理查・韋斯特十四行
詩〉，「四結義」從此不復在。

同學少年都不賤

　　韋斯特病逝後，「四結義」中首先作詩哀悼的不是
格雷，而是艾胥騰。由於韋斯特離開倫敦靜養後，格雷
也與家人至思多波吉享受鄉野春光，期間依然與韋斯特
唱和詞章。1742 年 6 月 3 日，格雷寄了新的詩作給韋斯
特，信件卻被原封不動退回。格雷心知不妙，卻又苦於
無法託人去打探消息。6 月中旬，格雷隨手翻閱《倫敦
雜誌》（London Magazine），意外讀到艾胥騰的詩作〈悼
理查・韋斯特君〉（"On the Death of Richard Esquire,
Esq."），這才得知好友病故的消息。

　　原來韋斯特逝世後，房東首先知會「四結義」中身
份地位最高的華爾波。此時華爾波已進入英國上議院，
其父親則剛辭去首相一職並受封奧福德伯爵（Earl of
Orford），因而聘請艾胥騰出任其司鐸。艾胥騰新官上

任，一從華爾波口中聽聞昔日同窗逝世，便寫了悼詩登載在雜誌上，全詩將韋斯特短暫的人生比喻成精緻的短詩，所以上帝才會取走以便安置在更好的位置。格雷身為韋斯特的摯友，卻因蟄居鄉間又身無要職，只能從雜誌上得知至交的死訊，這讓他格外自責傷心。

為你寫詩

　　格雷聽聞噩耗後，特地從鄉間返回倫敦打聽好友臨終前的景況，終於得知好友病情急轉直下的緣由──原來韋斯特當年進入伊頓公學是因為父親過世，而事隔多年後，韋斯特發現父親竟是母親與情夫聯手毒死，而情夫正是父親的摯友，這讓韋斯特大受打擊。格雷心疼好友的遭遇，帶著這消息從倫敦返回思多波吉，看著窗外蓊蓊鬱鬱，豈不是與好友生死闊別時期盼的夏日風景？再看看桌上那疊與韋斯特酬答的書信，想起大學時韋斯特曾於病中梢來一首詩，詩中自嘆在牛津大學無人陪伴多麼寂寞，縱是病死也無人惋惜：「世間歡笑依舊，陽光燦爛依舊，綠野碧空依舊」，格雷因此提筆寫下〈悼理查・韋斯特十四行詩〉，應答好友年少寂寞，可惜終究已惘然。

───── ｛文學一瞬｝ ─────

　　格雷傳世詩作僅十餘首，其中以長詩《墓畔哀歌》
（*Elegy Written in a Country Churchyard*）最為著名，藉
由讚頌淳樸農民的墓園闡釋貴賤終須入土的道理，意象
細膩，措辭古典，奠定格雷在詩壇的地位。〈悼理查‧
韋斯特十四行詩〉則是因為遭桂冠詩人華茲華斯批評其
詞藻僵化虛假，難以流露真摯的情感，因而得以傳世。
格雷晚年情緒沮喪，足不出戶，憂鬱而逝。

艾朵尼：悼念濟慈

雪萊

Adonais: An Elegy on the Death of John Keats (1821)

艾朵尼逝去，我以淚洗面！
哎以淚洗面！儘管這淚水
難消融霜雪禁錮的容顏！
忌辰啊，您怎麼就被挑揀
來嗟悼這傷逝？請去喚起
瑣屑的光陰同悲，説是你
「帶走了艾朵尼；其人其名
將迴盪照耀無絕期！直到
未來膽敢將昔日忘記！」

I weep for Adonais—he is dead!

Oh, weep for Adonais! though our tears

Thaw not the frost which binds so dear a head!

And thou, sad Hour, selected from all years

To mourn our loss, rouse thy obscure compeers,

And teach them thine own sorrow, say: "With me

Died Adonais; till the Future dares

Forget the Past, his fate and fame shall be

An echo and a light unto eternity!"

【作品賞析】

西方文學中的三顆流星

　　艾朵尼是希臘神話中的美少年，其母親蜜菈（Myrrha）因對愛神不敬而遭到懲罰，在黑暗中與生父交媾九夜，父親發現枕邊人是親生女兒後便拔劍追殺，眾神趕緊將蜜菈變成沒藥樹（myrrh），艾朵尼從沒藥樹中蹦出來成為植物之神，一出生便丰神俊美，引來冥后和愛神為他爭風吃醋，最後只得出動宙斯調停，決定讓艾朵尼每年陪冥后四個月（植物凋零）、陪愛神四個月（植物開花），剩下四個月艾朵尼選擇留在人間（植物生長）。一日，艾朵尼外出狩獵，不幸遭情敵戰神遣來的野豬刺殺，愛神對著倒在血泊中的艾朵尼垂淚，兩人的血淚交織化作秋牡丹，艾朵尼終歸冥后所有。

如同艾朵尼，濟慈也有著坎坷的身世和淒美的愛情，他九歲喪父、14 歲喪母，23 歲認識心目中的女神芬妮（Fanny Brawne），她是莊園主之女，他是馬車伕之子，顯著的社經差距為這段戀情灑下了陰影。兩人雖於 1818 年訂婚，但芬妮的寡母遲遲不願女兒委屈下嫁，濟慈或許是為了展現自己賣文維生的本領，詩藝在 1819 年攀上巔峰，其流芳後世的作品大多作於此時，包括獻給芬妮的十四行詩〈璀璨星辰〉（"Bright Star"），詩人在詩中寫下心願，盼自己能如北極星永恆守護熟睡的戀人：「靜靜聆聽她柔緩的呼吸／直到永生或死於心醉神迷」，不料一語成讖。1820 年，濟慈前往義大利養病，乘船時將這首詩抄在《莎翁詩選》（*The Poetical Works of William Shakespeare*）中〈愛人怨訴〉（"A Lover's Complaint"）這首詩的對頁，四個月後魂歸冥后，得年 25 歲。芬妮聞訊，斷髮守喪六年。

濟慈於 1821 年 2 月 23 日夜裡過世，雪萊（Percy Bysshe Shelley，1792-1822）4 月 11 日得知噩耗，兔死狐悲、物傷其類，立即提筆作詩憑弔，盼世人能記得這位早逝詩人。全詩 495 行、共 55 節，此處譯出第一節。全詩除了沿襲牧野輓歌成規，並將濟慈比喻作艾朵尼，其愛人芬妮則化身愛神，至於艾朵尼遭野豬刺殺一節，則化為詩中英國文壇對濟慈評價不公、以出身論成就的殘忍現象。1821 年 7 月，〈艾朵尼：悼念濟慈〉出版，

隔年同月,雪萊於航行途中不幸遭暴風雨襲擊溺斃,得年 29 歲。艾朵尼、濟慈、雪萊就如同璀璨的流星劃過西方文學的穹蒼,他們的生命短暫而絢爛,留下的餘韻卻溫潤而永恆。

文人不相輕

雪萊因文評家李杭牽線而結識濟慈,對濟慈的長詩《海柏利昂》(*Hyperion*)十分讚賞。貴族雪萊和小資濟慈本來毫無交集的人生,因為對浪漫主義文學的喜愛而結為文友。1819 年濟慈寫了〈夜鶯頌〉("Ode to a Nightingale"),隔年雪萊寫了〈致雲雀〉("To a Skylark")與之唱和,並在得知濟慈病重後邀他到比薩(Pisa)療養,無奈濟慈只撐到羅馬便與世長辭。

雪萊深知濟慈崇尚自然、雅好古希臘文學,因而在本詩刻意用典兩位古希臘牧歌詩人,一是西奧克里特斯〈牧歌十五〉中的艾朵尼之歌,二是畢雍(Bion)的〈哀艾朵尼〉("Lament of Adonis"),並且採用英國牧歌詩人史賓賽獨創的「史賓塞詩節」(Spenserian stanza)寫作此詩,每一節九行,前八行格律為抑揚五音步(iambic pentameter)、最末行為抑揚六音步(iambic hexameter),尾韻韻式為 ABABBCBCC。

> ▶ **延伸聆賞**
> 〈艾朵尼〉英文朗讀版

—— {文學一瞬} ——

　　雪萊出身貴族但反對貴族體制，曾因同情平民而將腳上的鞋子讓給路人穿，灑脫不羈的作風讓他的人生和戀情都像電影般高潮迭起。雪萊的初戀對象是表妹菏麗葉（Harriet Grove），但這段戀情遭到家人大力反對。12 歲入學伊頓公學後，雪萊便開始創作，1810 年進入牛津大學後發表了〈無神論之必要〉（"The Necessity of Atheism", 1811），驚世駭俗，因而遭校方開除並被逐出家門流落倫敦，在這裡愛上了與表妹同名的 16 歲少女菏麗葉（Harriet Westbrook），先助她逃出寄宿學校再私奔到愛丁堡結婚，期盼將稚嫩少女打造成理想愛人。兩人雖然在 1813 年有了愛情的結晶，但此時雪萊已另外結識才女瑪麗・戈德溫（Mary Wollstonecraft Godwin），遂於 1814 年拋下懷孕的菏麗葉，改而攜手瑪麗私奔至法國，隔年赴日內瓦到浪漫主義作家拜倫（George Gordon Byron）的別墅避暑，三人輪流說故事消閒，瑪麗的首部小說《科學怪人》（Frankenstein）便作於此時。

對孤獨以終的
一點思索

伊莉莎白·巴雷特·白朗寧

A Thought for a Lonely Death-Bed (1844)

上帝若將這命運強加於你：

要你無人送終孤獨死去，

將遺言傾吐在翻騰啜泣裡，

在脈搏退潮時以淚水註記。

那就禱告吧：「主耶穌，請溫柔前來！

因著遭遺棄的人子一身血紅在

荒蕪酒醉，因著那荒涼的曠野

和那淒清的園子，祢的苦楚化為

寶血從額角流下，因著那所有天父

應許的孤寂，告慰我的孤寂吧！

不用塵世俗友近側相陪，

不用死亡天使隔絕祢我，

只要祢屈身摘採我生命的玫瑰，
淺淺一笑送我入聖超凡。」

If God compel thee to this destiny,

To die alone, with none beside thy bed

To ruffle round with sobs thy last word said

And mark with tears the pulses ebb from thee,--

Pray then alone, ' O Christ, come tenderly!

By thy forsaken Sonship in the red

Drear wine-press,--by the wilderness out-spread,--

And the lone garden where thine agony

Fell bloody from thy brow,--by all of those

Permitted desolations, comfort mine !

No earthly friend being near me, interpose

No deathly angel 'twixt my face and thine,

But stoop Thyself to gather my life's rose,

And smile away my mortal to Divine ! '

當你孤單你會想起誰？

　　孤獨死去並非當代人特有的恐懼。詩人伊莉莎白（Elizabeth Barrett Browning，1806-1861）的好友凱薩琳・柯楷兒（Catherine Cockell）經年病榻纏綿、孤苦伶仃，時常憂傷自己將孤獨以終。無獨有偶，伊莉莎白也是長年臥病在床，對好友的心路歷程再熟悉不過，因而在病榻寫下〈對孤獨以終的一點思索〉附在信箋裡，用以寬慰來日無多的好友。

　　〈對孤獨以終的一點思索〉的體裁為十四行詩，共包含兩層意思，前四行是第一層意思，詩人先勸慰好友就算孤獨死去也是上帝的旨意，接著第五行筆鋒一轉，建議好友倘若際遇如此，不妨向同樣經歷孤獨的耶穌禱告，請求耶穌溫柔結束自己的苦難，引領自己脫離朽壞的肉身升上天堂。

　　伊莉莎白以詩意的文字描繪臨終，比如以「退潮」比喻心跳歸零、以「玫瑰」比喻嬌弱多病，並引用《聖經》中耶穌獨自受難的段落告慰好友，包括〈以賽亞書〉中耶穌獨自踹酒醡血染全身拯救世人，以及〈路加福音〉中耶穌獨自在曠野接受魔鬼的試探、在客西馬尼園獨自向天父祈禱，祈禱自己能成就天父的旨意，天父果然應

許，讓耶穌完成被釘上十字架的使命。伊莉莎白以耶穌經歷「天父應許的孤寂」來安慰好友，並藉由這些《聖經》典故，鼓勵好友在孤寂中禱告，相信天父必會應許，溫柔地將好友接上天堂。

你不孤獨，你有我

〈對孤獨以終的一點思索〉不只是伊莉莎白對好友的鼓勵，當中也道出了詩人歷經孤寂的心聲。伊莉莎白雖然幼時家境富裕，常與手足在自家莊園裡騎馬，但因 15 歲那年為馬上鞍時不慎墜馬，導致脊椎受傷不良於行，22 歲更併發血胸症狀，只得謹遵醫囑終年臥病靜養，26 歲那年又因父親經商失敗而舉家四處遷徙，29 歲落腳在烏煙瘴氣的倫敦，由於父親強勢不許兒女婚嫁，伊莉莎白閨房寂寞多年，對於好友臥病在床的孤寂想必了然於心。

伊莉莎白 33 歲出版詩集《六翼天使及其他詩歌》（*The Seraphim and Other Poems*，1838），其中〈六翼天使〉一詩以希臘悲劇形式表現其基督信仰，伊莉莎白因此獲譽為文壇新秀。1844 年出版《詩選》（*Poems*），其中一首選詩〈名媛嬌菈婷的愛情故事〉（"Lady Geraldine's Courtship"）則終結了伊莉莎白的孤單。

原來詩人羅伯特・白朗寧（Robert Browning）對〈名

媛嬌菈婷的愛情故事〉一見鐘情，拜讀後立即寫信求見。白朗寧比伊莉莎白小六歲，當時名氣又遠不如伊莉莎白，因此這段姐弟戀備受女方父親阻撓，但白朗寧攻勢依舊，兩人於 1846 年 9 月在倫敦秘密成婚，不久便私奔到義大利，並在佛羅倫斯定居，伊莉莎白度過了 15 年幸福的婚姻生活，與白朗寧育有一子，1861 年在丈夫懷中辭世。

——— {文學一瞬} ———

伊莉莎白從小酷嗜文學，四歲開始學寫詩，12歲
試作史詩《馬拉松戰役》（*The Battle of Marathon*）由
父親斥資出版，15歲摔傷後更以文學為精神寄託，定居
倫敦則開啟伊莉莎白接觸英國文壇的契機。伊莉莎白坎
坷的人生際遇，使她對弱勢族群格外同情，其作品《圭
迪公寓的窗子》（*Casa Guidi Windows*，1851）反對奧
地利帝國和教宗國干涉義大利獨立統一，長達四百頁的
無韻詩《奧羅拉·利》（*Aurora Leigh*，1856）則記述
了貧窮孤女奧羅拉·利的生平。至於她和白朗寧相識相
戀的心境轉折，則化為一首首動人的情詩，並於婚後在
丈夫的鼓勵下出版，為了淡化這本情詩集的自傳色彩，
特意取名為《葡萄牙十四行詩集》（*Sonnets from the
Portuguese*，1850），讓讀者誤以為是翻譯自葡萄牙文的
詩作，讓詩文另有一番異國浪漫，名列浪漫主義時期最
優美的抒情詩。

追憶哈倫

丁尼生

In Memoriam A. H. H. (1850)

陰暗的房子，我又來
站在這可惡的長街，
門扉啊，我從前心跳
得多快，等著瞧那手，

那隻無法再握緊的手，
看著我，我夜不成眠
黎明時分躡手躡腳
如罪人般來到門前。

他不在這裡；在遠方
生之喧囂再次吵嚷，
荒日如鬼魅穿過細雨
破曉在這光禿的街。

Dark house, by which once more I stand
   Here in the long unlovely street,
   Doors, where my heart was used to beat
So quickly, waiting for a hand,

A hand that can be clasp'd no more —
   Behold me, for I cannot sleep,
   And like a guilty thing I creep
At earliest morning to the door.

He is not here; but far away
   The noise of life begins again,
   And ghastly thro' the drizzling rain
On the bald street breaks the blank day.

【作品賞析】

友誼綻放在冰冷的心角

　　桂冠詩人丁尼生（Alfred, Lord Tennyson，1809-1892）有著陰冷的童年。丁尼生的祖父是白手起家的鄉下律師，野心勃勃，一心期盼兒孫晉升貴族，眼看大兒子只能當個教區牧師，便毅然讓二兒子繼承家業，大兒

子因此灰心喪志，整日借酒澆愁、拿太太和 12 個孩子出氣，丁尼生便是這大兒子的兒子，在家中排行老四，自幼便常常受氣，所幸還能與手足寫詩解悶，滿 18 歲那年與兄長合著《兄弟詩抄》（*Poems by Two Brothers*，1827）出版，內容多為丁尼生的詩作。

這一年丁尼生不僅出了書，還首度離家求學，隨哥哥進入劍橋大學三一學院，結交同齡的少年才俊，遠離家中的是非擾攘，度過人生中最快樂的時光。丁尼生因此改頭換面、大展詩才，一舉贏得劍橋詩歌大賽冠軍，從而結識另一位參賽者亞瑟・亨利・哈倫（Arthur Henry Hallam，1811-1833），兩人迅速結為莫逆，丁尼生邀哈倫返家過耶誕節，哈倫依約前往，並對丁尼生的妹妹一見傾心。隔年復活節，哈倫到丁尼生家籌劃合著詩集，卻在付梓前遭到哈倫的家人反對，認為賣文維生有辱家風，哈倫因此抽掉詩稿，這部詩集《抒情多首》（*Poems, Chiefly Lyrical*，1830）成為丁尼生個人詩選，哈倫則撰文推薦。

哈倫和丁尼生除了賦詩唱和，還一同尋幽攬勝，於1830 年夏天同遊庇里牛斯山，同年冬天哈倫與丁尼生的妹妹訂婚，兩人關係更親一層。1831 年 2 月，丁尼生的父親往生，無法再供丁尼生完成學業，丁尼生離開校園，決意靠寫詩維生，哈倫因此將丁尼生介紹給倫敦出版商

愛德華・默克森（Edward Moxon），並催生丁尼生的第二本個人詩集《詩》（Poems，1832），這部詩集雖然飽受文壇批評，但好友的打氣讓丁尼生再接再厲。

　　1833 年 9 月中旬，哈倫偕父親至維也納遊歷，先是傷風感冒，接著因腦出血過世，得年 22 歲。10 月初噩耗傳來，丁尼生悲痛欲絕——父親與摯友相繼離世，家中又經濟堪慮，詩集也備受批駁，種種憂患只能靠寫詩抒發，喪友的傷痛如懸河瀉水，流衍成〈尤里西斯〉（"Ulysses"，1833）、《亞瑟王之死》（Le Morte d'Arthur，1835）、〈碎、碎、碎〉（"Break, Break, Break"，1835）、〈提托諾斯〉（"Tithonus"，1860）等浩蕩詩句，紀念這朵開在冰冷心角的友誼之花。

連女王都動容

　　哈倫死訊傳來翌日，丁尼生便提筆書寫悼詩追憶好友，每一首都以抑揚四音步（iambic tetrameter）為格律，並以四行為一詩節，就這樣持續寫了 17 年，最後集結成長詩《追憶哈倫》於 1850 年 6 月出版，全詩共 133 章，此處譯出第七章，以荒涼的景象道出喪友的心境，其餘各章亦是字字珠玉，包括「愛過卻失去，總好過從未愛過」（'Tis better to have loved and lost / Than never to have loved at all）、「大自然，腥牙血爪」（Nature, red in tooth and claw）……等名句，至今仍琅琅上口。

　　丁尼生憑著《追憶哈倫》這首長詩，終於在沉寂多年之後名滿天下，先是娶了青梅竹馬艾蜜莉（Emily Sellwood）為妻，接著又繼任華茲華斯成為桂冠詩人，專門為維多利亞女王寫詩。1861 年，維多利亞女王痛失夫君，幸得《追憶哈倫》的詩句撫慰，讓女王舒心不少，因而多次召見丁尼生談詩論藝，並於 1865 年提議封爵，丁尼生三番兩次婉拒，直到 1883 年才授勳男爵，完成祖父的遺願，並成為英國文學史上最富有的詩人。

◉ 延伸聆賞
〈追憶哈倫〉英文朗讀版

—— {文學一瞬} ——

丁尼生家族有癲癇病史，父親又酗酒，摯友亦早逝，丁尼生因此唯恐自己命不長，沒想到卻十分高壽，享年83歲。在這漫長的創作生涯中，丁尼生起初以浪漫主義詩人自居，〈瑪麗安娜〉（"Mariana"，1830）、〈夏洛特姑娘〉（"The Lady of Shalott"，1833）都是早期的代表作。在浪漫主義運動健將停筆後，丁尼生沉潛了十多年，終於以《追憶哈倫》開創了屬於他自己的維多利亞時代，其詩作題材廣泛，有歌頌自然的〈鷹〉（"The Eagle"，1851），有向英國王室致敬的《國王之歌》（*Idylls of the King*，1859），也有描述臨死心境的〈越過沙洲〉（"Crossing the Bar"，1889），皆以詞藻綺麗、音調鏗鏘著稱。

瑟西士

馬修·阿諾德

Thyrsis (1865)

都變了這裡所有人造人滿的地方！
南亨西與北亨西之間已不同以往；
村莊的街道少了它鬧鬼的宅邸，
從招牌上消失了希璧菈的名字，
從屋頂上消失了歪扭的煙囪——
你也變了嗎，山巒？
看，這並非生人的腳印
今夜從牛津來這山徑流浪！
這兒我常常、常常在老時光——
當瑟西士仍在，同瑟西士來訪。

不是在這兒嗎？柴斯沃茲農場的小徑
穿過這片喬林到那棵榆樹加冕的
山丘的山脊的後方灼燒著夕陽？

標誌的榆樹，俯瞰著伊斯利的草皮、
河谷、三座孤堰和泰晤士河的青春？——
和煦的冬日前夕，
空氣溼潤！無葉，但綿軟如春，
溫柔的紫枝鋪灑上矮林與樹叢！
甜美的牛津遍佈著尖塔做著夢，
她是無需六月大肆張揚的美麗。

她總是那麼可愛，今夜也可愛！
但，我想，褪去的習慣的力量
降臨我徘徊在這昏暗的山丘。
曾經我蒙著眼走過，時時刻刻，
如今卻難得來，自從與他來後。
那棵榆樹閃亮
在西天下——好懷念！它還在嗎？
我們珍愛的榆樹；總說只要它在
我們的友人吉普賽學者就不死；
只要榆樹還活著，他就在這原野活著。

How changed is here each spot man makes or fills!

In the two Hinkseys nothing keeps the same;

The village street its haunted mansion lacks,

And from the sign is gone Sibylla's name,

And from the roofs the twisted chimney-stacks—

Are ye too changed, ye hills?

See, 'tis no foot of unfamiliar men

To-night from Oxford up your pathway strays!

Here came I often, often, in old days—

Thyrsis and I; we still had Thyrsis then.

Runs it not here, the track by Childsworth Farm,

Past the high wood, to where the elm-tree crowns

The hill behind whose ridge the sunset flames?

The signal-elm, that looks on Ilsley Downs,

The Vale, the three lone weirs, the youthful Thames?—

This winter-eve is warm,

Humid the air! leafless, yet soft as spring,

The tender purple spray on copse and briers!

And that sweet city with her dreaming spires,

She needs not June for beauty's heightening,

Lovely all times she lies, lovely to-night!—

Only, methinks, some loss of habit's power

Befalls me wandering through this upland dim.

Once pass'd I blindfold here, at any hour;

Now seldom come I, since I came with him.

That single elm-tree bright

Against the west—I miss it! is it goner?

We prized it dearly; while it stood, we said,

Our friend, the Gipsy-Scholar, was not dead;

While the tree lived, he in these fields lived on.

【作品賞析】

牛津最美的風景就是你

　　英國的牛津是座古色古香的大學城，說起牛津之美，英文讀者首先就會想到阿諾德（Matthew Arnold，1822-1888）這首〈瑟西士〉中的名句：「甜美的牛津遍佈著尖塔做著夢，／她是無需六月大肆張揚的美麗」。

　　與劍橋大學齊名的牛津大學，位於南亨西和北亨西（two Hinkseys）之間，阿諾德的大學歲月便在此度過，當時附近都是老房子，南亨西的大街上有希璧菈·柯爾（Sibylla Curr）經營的宿舍，北亨西則有間鬧鬼的宅邸，據說最後一任住戶將靈魂賣給了魔鬼。畢業多年後，阿諾德舊地重遊，不禁感嘆「都變了」，不僅景物「不同以往」，同窗好友「瑟西士」也不在了。

阿諾德口中的「瑟西士」是克洛夫（Arthur Hugh Clough，1819-1861）的化名，克洛夫比阿諾德大三歲，是阿諾德父親的得意門生。阿諾德的父親是英國名校拉格比公學（Rugby School）的校長，克洛夫德智體群兼優，深受阿諾德的父親賞識，因此常與阿諾德來往，兩位青年都愛好詩文，自然便熟稔起來。1840年阿諾德進入牛津大學，克洛夫已在校執教鞭，阿諾德畢業後也和克洛夫一樣留在牛津大學任教，直到1847年出任樞密院議長私人秘書才離開，隔年克洛夫也辭職求去，算起來兩人一起在牛津度過了七年的青春歲月，各奔前程後依然互通音塵、談文論藝十餘載。1861年，克洛夫在義大利病逝，享年42歲。1865年冬夜，阿諾德在牛津校園散步，深覺物非人非，這才明白年少那段友誼那麼美。

南轅北轍的哥倆好

　　阿諾德在文學史上德高望重，既是政府督學（1851-1866）、又是牛津大學詩學教授（1857-1867），後世多半記得他嚴肅的文字，鮮少記得他年輕時倜儻不羈，曾經是克洛夫筆下衣著豪奢的小學弟，不僅言行放肆、對課業不上心、愛看戲，還迷上法國女伶瑞秋（Rachel），因此追星追到巴黎去，性子與嚴肅板正的克洛夫學長南轅北轍。但阿諾德畢竟是家學淵源，荒唐的行徑只是幌子，不過是想盡情探索自我，並未影響學業表現，這一

點阿諾德和克洛夫還是有默契的。

1842 年，阿諾德的父親驟逝，克洛夫和阿諾德同哀，兩人一道在牛津郡四處散心，在榆樹下談論百年前有位清苦的牛津學者，放棄學業追隨吉普賽人到處流浪、高蹈風塵外去追求真理，這段逸事化為克洛夫筆下的傳世之作《多博納費幽草舍》（*The Bothie of Tober-na-Vuolich*，1848），以及阿諾德的抒情長詩《吉普賽學者》（*The Scholar-Gipsy*，1853），兩人當年在牛津郡的足跡，則在光陰流轉中沉澱成阿諾德詩裡的風景。

克洛夫的名詩《多博納費幽草舍》敘述牛津學者隱居到蘇格蘭高地做學問，副標題雖是《牧野長假》（*A Long-Vacation Pastoral*），但筆法卻未遵循牧野輓歌成規，只引用了牧野輓歌典故，包括瑟西士與柯瑞東（Corydon）兩位牧羊人比賽唱歌，這正是阿諾德〈瑟西士〉詩題的由來。瑟西士是牧歌之父西奧克里特斯創造的角色，在維吉爾的〈牧歌七〉（Eclogue VII）與柯瑞東比賽唱歌比輸了。阿諾德將克洛夫比做瑟西士，將牛津風光轉為牧野美景，筆法遵循牧野輓歌成規，全詩共 240 行，分為 24 節，此處譯出前三節，每節 10 行，以尋找榆樹作為敘事主軸，藉以悼念老友、緬懷兩人一同追尋真理的歲月。

—— ｛文學一瞬｝ ——

　　阿諾德搖了將近四十年的筆桿，其中雖然只有四分之一的歲月給了詩歌，但光憑《瑟西士》、《吉普賽學者》、〈多佛海濱〉（"Dover Beach"，1867），便足以與桂冠詩人丁尼生齊名。阿諾德的大半心力都獻給了散文，尤其是對政治、宗教、社會、文學的評論文字，影響既深且廣，名列英國前五大評論家。

機腹槍手之死

傑瑞爾

The Death of the Ball Turret Gunner (1945)

我從母親的寢息落入此境，
蜷縮在其腹中直至溼漉漉的皮毛結冰。
離地六英哩，脫離了生命的夢境，
我醒在濃黑的砲火和戰鬥機的夢魘裡。
死去，被高溫蒸氣從球形砲台沖出去。

From my mother's sleep I fell into the State,

And I hunched in its belly till my wet fur froze.

Six miles from earth, loosed from its dream of life,

I woke to black flak and the nightmare fighters.

When I died they washed me out of the turret with a hose.

生命是夢境，夢醒即死去

〈機腹槍手之死〉是一首戰爭詩，作者傑瑞爾（Randall Jarrell，1914-1965）於第二次世界大戰加入美國陸軍航空兵團（United States Army Air Corps），目睹無數機腹槍手死在敵軍的硝煙彈雨裡。美軍機腹槍手的死亡率在第二次世界大戰中排名前三，當時美軍轟炸機的機腹普遍設有球型砲臺（ball turret），機腹槍手必須蜷縮在狹小的球型砲臺裡以砲火掃射敵軍，自然也就成為敵軍首先瞄準的目標。傑瑞爾以精煉的詩句悼念戰場上斷首捐軀的同袍，同時也道出了戰爭的冰冷和血腥。

〈機腹槍手之死〉的敘事者是陣亡的機腹槍手，這縷冤魂以精準的文字、疏離的語氣，回顧自己生前最後一場戰役。在詩的開頭，機腹槍手蜷縮在轟炸機的球型砲臺，「此境」兩個字既意味著因處在高空而冰冷的機艙、也意味著冰冷無情的戰場，同時呼應第三行「生命的夢境」──尚未進入攻擊狀態的轟炸機宛如「母親的寢息」，機腹槍手則像胎兒在子宮裡做著生命的美夢，或許正夢想著戰爭結束之後的大好人生，但就在下一秒，生命的夢境戛然而止，機腹槍手醒來面對濃黑的砲火和敵軍的戰鬥機，血肉模糊地死在球型砲臺裡，只能用高溫蒸氣把死屍從砲臺裡沖洗出去。

不同於傳統的悼詩以長篇詩句歌頌戰爭英雄，〈機腹槍手之死〉隻字不提戰死沙場的光榮，僅以短短的詩行對照生命的夢幻和死亡的現實——在戰場上，生命是夢境，夢醒即死去。簡短的其實不是這首詩，而是殉國士兵的性命，這些機腹槍手一個個胎死腹中，大好的青春歲月被濃縮成短短一行的戰鬥，稱不上真正活過。〈機腹槍手之死〉既是對這些年輕生命的不捨，更是對戰爭最沉痛的批判。

愛寫詩的小蝙蝠

〈機腹槍手之死〉是傑瑞爾的成名作，收錄於其第二部詩集《小友，小友》（*Little Friend, Little Friend*，1945），集子裡的詩皆作於詩人服役期間，詩集出版時詩人尚未退役，全書始於標題頁的機腹槍手第一人稱敘事：「……接著我聽見轟炸機那頭叫我進去：『小友，小友，我有兩顆引擎著火了。你看的見我嗎，小友？』」我說：「我在穿回去了。我們返航吧。」這段敘事迅速將讀者拉進空中戰場，再翻過頁便是詩人從實地觀察記錄下戰爭的冷酷與殘暴，並以直白的詩句呈現出士兵內心的恐懼與掙扎，全書最後以〈機腹槍手之死〉收尾，與標題頁遙相呼應——機腹槍手終歸是慢了一步，還來不及穿回轟炸機艙，便被炸死在球型砲臺裡。

除了寫詩，傑瑞爾也寫散文、寫評論、寫童書，此外還身兼大學教授。二次大戰結束後，傑瑞爾重拾教鞭，任教於北卡羅來納大學女子學院（Woman's College of the University of North Carolina），並在教書之餘持續寫詩，1956 年獲聘為美國「桂冠詩人」（當時稱為「國會圖書館詩顧問」），1960 年更以詩集《在華盛頓動物園的女人》（*The Woman at the Washington Zoo*）榮獲美國國家圖書獎（National Book Award），詩壇地位從此屹立不搖。傑瑞爾卻逐漸陷入憂鬱，並於 1963 年就醫，在 1965 年病情好轉之際死於車禍，儘管警方判定為意外，許多密友認為是自殺。

　　在生命的盡頭，傑瑞爾出版了童書《愛寫詩的小蝙蝠》（*The Bat-Poet*，1964），敘述小蝙蝠離開蝙蝠群學作詩的心路歷程，或可視為傑瑞爾對寫詩歲月的回首，小蝙蝠那句：「難的不是作詩，難的是找到願意好好聽詩的對象」，不知寫出多少詩人的心聲。在故事的結尾，小蝙蝠選擇回到蝙蝠群，和大夥兒擠在一起，準備斂翅沉睡，在眼皮逐漸闔上之際，小蝙蝠說：「真希望我有寫說我們在冬眠。」是的，詩人不死，只是冬眠。

{輯四}

悼念親情

西方悼亡詩裡不僅有古希臘文明的旖旎風光，也展現了對永生的光明盼望。

永生的源頭源自基督教文化，《聖經》認為上帝是生命之源、永生上主，離棄上帝便是離棄永生，重回上帝身邊便能得到永生，信者必能戰勝死亡、經歷榮耀的復活。在本輯中，妃麗絲‧惠特禮以光明天國安慰痛失愛女的父母：「從烏暗的居所朝向天上的聖光，／純潔小淑女興高采烈展翅飛翔。／在永恆大愛的仁慈胸膛，／她找到的至福無以名狀。」夏綠蒂‧布朗忒感恩上帝召喚妹妹回到天家，以感恩的心寬慰自己痛失手足的落寞：「那朵雲，那勢必要／帶走吾愛的靜寂；／我由衷感謝上帝，／以誠心、以虔敬」。瑪麗‧伊莉莎白‧弗萊則讓亡者化作千風永存人間——「是千縷微風吹，／是輕輕的飄雪，／是柔柔的落雨，／是成畦的吐穗。」有此詩心，人間即天堂。

悼五歲的小淑女

妃麗絲·惠特禮

*On the Death of a Young Lady
of Five Years of Age* (1773)

從烏暗的居所朝向天上的聖光，
純潔小淑女興高采烈展翅飛翔。
在永恆大愛的仁慈胸膛，
她找到的至福無以名狀。
兩位既知如此又何須哀嘆？
令媛現已掙脫痛苦的鐵腕。
且讓神所安排的正確恩典，
化您的悲傷為感恩的頌讚。
從此不再為她掉半滴眼淚，
讓心中的幽谷不再有傷悲，
她是旭日初昇的萬丈聖光，
瞬間被黝暗的夜幕所掩藏；
令媛南茜如今得天堂福庇，

請您聆聽她學語之聲嚶咿：
「上帝，我看見祢頭戴榮冠，
不知該用什麼美名將祢呼喚？
也不知該用什麼嗓音才得以
讚美祢無窮的大愛和威儀？
為了祢撒拉弗柔聲謳歌，
聖者和天使也齊聲唱和。」
令嬡在天家福氣滿滿，
從天堂笑著向您呼喚；
兩位又何苦徒勞傷心？
快收住淚水止住呻吟。
這世間充滿罪惡、機關與苦難，
令嬡既已超脫為何又望其歸返？
臣服上帝，收哀傷於盼望，
敬拜上帝，制騷動以盼望。
喜樂於順境，喜樂於逆境，
無論上帝施恩與否一律崇敬；
處處見上帝，敬畏祂聖名，
舉止要端正，心靈要誠敬，
航過了狂風暴雨的生命汪洋，
衝破了崎嶇的巨岩和滔天的駭浪，
等到兩位安抵極樂的彼岸，
便能永遠與快樂的寶貝團圓。

FROM dark abodes to fair etherial light

Th' enraptur'd innocent has wing'd her flight;

On the kind bosom of eternal love

She finds unknown beatitude above.

This known, ye parents, nor her loss deplore,

She feels the iron hand of pain no more;

The dispensations of unerring grace,

Should turn your sorrows into grateful praise;

Let then no tears for her henceforward flow,

No more distress'd in our dark vale below,

Her morning sun, which rose divinely bright,

Was quickly mantled with the gloom of night;

But hear in heav'n's blest bow'rs your Nancy fair,

And learn to imitate her language there.

"Thou, Lord, whom I behold with glory crown'd,

"By what sweet name, and in what tuneful sound

"Wilt thou be prais'd? Seraphic pow'rs are faint

"Infinite love and majesty to paint.

"To thee let all their graceful voices raise,

"And saints and angels join their songs of praise."

Perfect in bliss she from her heav'nly home

Looks down, and smiling beckons you to come;

Why then, fond parents, why these fruitless groans?

Restrain your tears, and cease your plaintive moans.

Freed from a world of sin, and snares, and pain,

Why would you wish your daughter back again?

No--bow resign'd. Let hope your grief control,

And check the rising tumult of the soul.

Calm in the prosperous, and adverse day,

Adore the God who gives and takes away;

Eye him in all, his holy name revere,

Upright your actions, and your hearts sincere,

Till having sail'd through life's tempestuous sea,

And from its rocks, and boist'rous billows free,

Yourselves, safe landed on the blissful shore,

Shall join your happy babe to part no more.

【作品賞析】

走出流淚谷

　　孩童夭折是父母的錐心之痛。這首作品是詩人受託提筆而寫，為了安慰痛失愛女的南茜爸媽，妃麗絲（Phillis Wheatley，1753-1784）先以南茜化為天使升天的意象，安慰南茜的父母愛女已經戰勝死亡。第五行至14 行則以死亡之苦對比天堂之樂，讓南茜的父母對愛女

的未來寄予盼望。15 至 22 行則透過南茜的話語讚頌上帝，呼應前四行南茜已列位讚美上帝的天使。23 至 28 行則扣緊「盼望」一詞，期盼南茜的爸媽相信上帝的安排、冀望與愛女團聚的日子到來。詩末則重申人生苦樂相倚，只要堅信上帝的引領，便能安抵永生並與至愛團聚。

妃麗絲曾經從死亡的陰影中走過，因此對生死議題特別有感觸，處女作《萬物詩》共收錄詩作 39 首，其中半數是輓詩，包括這首〈悼五歲的小淑女〉，以及相當著名的〈悼念喬治・懷特腓牧師〉（"On the Rev. Mr. George Whitefield"）。懷特腓是英國國教牧師，強調因信稱義，不僅赴北美洲巡迴講道、傳福音給黑奴，並支持廢奴運動，由於懷特腓牧師與惠特禮家族十分友好，因此妃麗絲曾聽其講道並深受感動。1770 年，懷特腓牧師過世，妃麗絲作詩哀悼，詩作從波士頓流傳到費城再風行至倫敦，妃麗絲因而詩名遠播，種下三年後《萬物詩》於倫敦初版的種子。

最好的安排

妃麗絲・惠特禮是美國第一位黑人詩人，出生於西非，七歲時被人口販子抓到妃麗絲號上橫渡大西洋，擄賣到波士頓成為富商惠特禮的家奴，因而從主人家的

姓，並依奴隸船的名字取名為「妃麗絲·惠特禮」。

　　由於惠特禮太太年事漸高，因此打算將妃麗絲培養成貼身奴婢，確保自己晚年有人服侍照料，故而特意叮囑女兒好好調教。妃麗絲在惠特禮大小姐的教導下，很快就熟悉家務並應對流利，惠特禮太太疼惜她聰明早慧，特准她讀書識字，先熟讀了《聖經》，接著又讀了密爾頓、波普（Alexander Pope）等英國作家的詩文，以及荷馬（Homer）、維吉爾（Virgil）、奧維德（Ovid）等古典作家的英文譯本，從而深受影響。妃麗絲在 13 歲時發表第一首詩作〈赫希先生與柯芬先生〉（*On Messrs. Hussey and Coffin*），記述這兩位紳士海難歸來，從此驚艷詩壇。

　　在累積數十首詩作後，20 歲的妃麗絲在女主人的牽線下出版處女作《萬物詩 —— 關於宗教與道德》（*Poems on Various Subjects, Religious and Moral*，1773），因而成為第二位有作品問世的美國女作家[6]，也是首位有出版紀錄的非裔美國人。從七歲家破人亡、在奴隸船上貧病交迫，到賣身為奴卻有幸受教、出版詩集，妃麗絲的人生宛如奇蹟。

---

6 美國第一位女詩人安·布萊斯萃（Anne Bradstreet，1612-1672）出生在英國，婚後隨丈夫移居新大陸，生兒育女、操持家務，閒暇時寫詩自娛，其詩稿由妹夫帶去倫敦付梓，1650 年問世，書名為《第十位繆思現身美洲》（*The Tenth Muse Lately Sprung Up in America*）。

—— {文學一瞬} ——

　　1773 年 9 月，妃麗絲的《萬物詩》在倫敦問世，一年之內再版四次，同時妃麗絲也恢復了自由身。無奈世事變化無常，惠特禮太太於 1774 年病逝，惠特禮先生及惠特禮大小姐則相繼於 1778 年過世，妃麗絲舉目無親，加上期間爆發了美國獨立戰爭，導致社會動盪、經濟蕭索，妃麗絲倉促與同為自由黑人的約翰·彼得斯（John Peters）結婚生子，婚後丈夫四處躲債兼打零工，妃麗絲則靠幫傭養家活口，期間雖然賦詩依舊，但卻無人贊助出版，最後貧苦以終。

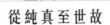

他人的悲慟

威廉・布雷克

On Another's Sorrow (1789)

我能眼看別人哀愁

心裡絲毫不覺難受？

我能眼看別人傷悲

卻不去尋求寬慰？

我能眼看淚水流淌

卻感覺不到哀傷？

父親眼看孩子啜泣

卻不會滿心哀悽？

母親能否安坐傾聽

嬰孩不安與呻吟？

哎呀！永遠不可能！

永遠永遠不可能！

而祂笑看世間萬物
傾聽鷦鷯啁啾叫苦
傾聽小鳥憂傷煩惱
傾聽嬰孩傷心難過

卻不坐在鳥巢邊旁
以憐憫澆灌其心房？
卻不在搖籃邊依傍
讓淚水落在淚水上？

卻不日日夜夜陪伴
將我們的淚水擦乾？
哎呀！永遠不可能！
永遠永遠不可能！

祂把歡樂施予眾人
化身嬰孩降生凡塵
長大成哀愁的他人
憂戚悲慟一如凡人

別以為你聲聲嘆息
祂卻不在近旁傾聽

別以為你偷彈珠淚
祂卻不在近旁留心

喔祂給了我們歡欣，
摧毀了我們的煩悶：
等到所有煩悶消失，
祂在我們身邊傷逝。

Can I see another's woe,

And not be in sorrow too?

Can I see another's grief,

And not seek for kind relief?

Can I see a falling tear,

And not feel my sorrow's share?

Can a father see his child

Weep, nor be with sorrow filled?

Can a mother sit and hear

An infant groan, an infant fear?

No, no! never can it be!

Never, never can it be!

And can He who smiles on all
Hear the wren with sorrows small,
Hear the small bird's grief and care,
Hear the woes that infants bear --

And not sit beside the nest,
Pouring pity in their breast,
And not sit the cradle near,
Weeping tear on infant's tear?

And not sit both night and day,
Wiping all our tears away?
Oh no! never can it be!
Never, never can it be!

He doth give his joy to all:
He becomes an infant small,
He becomes a man of woe,
He doth feel the sorrow too.

Think not thou canst sigh a sigh,
And thy Maker is not by:

Think not thou canst weep a tear,

And thy Maker is not near.

Oh He gives to us his joy,

That our grief He may destroy:

Till our grief is fled and gone

He doth sit by us and moan.

【作品賞析】

十八世紀的繪本作家

「一沙一世界，一花一天堂。」這兩句詩句中文讀者大多耳熟能詳，讀起來彷彿五言古詩，實則譯自英國詩人威廉‧布雷克（William Blake，1757-1827）的名詩〈純真之兆〉（"Auguries of Innocence"）前兩行，該詩與〈他人的悲慟〉一同收錄在詩集《純真之歌》（Songs of Innocence）裡，布雷克因為這本詩集，名列英國浪漫主義六大詩人，與喬叟（Geoffrey Chaucer）、莎士比亞齊名。

布雷克不但詩名遠播，更是一位出色的插畫家，雖然家境小康，但因父親疼愛，10 歲開始習畫，15 歲拜

師學習銅版刻蝕技術，22歲出師，一面接案一面創作，應出版商之邀為文學作品製作插圖，期間曾入英國皇家藝術學院習藝，但因為不喜當時油畫當道的風氣，從而輟學自我摸索，改以銅版畫搭配水彩著色，畫風細膩雅緻，《純真之歌》便是他第一本插畫書，從文字、插畫、刻版、印刷、裝訂，全部一手包辦，儼然是十八世紀的繪本作家。

寫詩作畫走出喪弟陰霾

布雷克總共有五位手足，跟他感情最好的弟弟李察・布雷克（Richard Blake）同樣熱愛藝術，常年幫著布雷克一起製版，卻不幸於1787年肺癆過世，得年24歲。臨終前布雷克在病榻旁不眠不休守了十四天，據說親眼看見弟弟的靈魂穿過屋頂、飛升而逝，並宣稱弟弟死後曾來入夢，教導他嶄新的圖文印刷方式──先用抗酸液在銅版上寫字作畫、接著才雕版印刷，最後再用水彩著色，最終的成品鮮豔精緻宛如中世紀手抄本，1789年的《純真之歌》便是以此方式印製而成。

《純真之歌》共收錄詩歌19首，每首詩都配有版畫，圖文並茂呈現孩童未受社會污染的純真無邪，並將上帝比喻為孩童，第19首〈他人的悲慟〉則說上帝降生人世「長大成哀愁的他人」，因此上帝對人間的悲苦

感同身受，會陪伴世人嘆息、落淚直到生命的盡頭。布
雷克以此詩寬慰自己的喪弟之痛，並以此詩作為純真的
終結及世故的開端。五年後擴增出版的《純真與世故之
歌》（*Songs of Innocence and of Experience*，1794），便
以〈他人的悲慟〉為「純真」過渡至「世故」的轉折，
象徵經歷死別對人生的影響。

> ▶ **延伸聆賞**
> 〈他人的悲慟〉英文朗讀版

─── {文學一瞬} ───

　　布雷克天生可見異象，四歲時看見窗外閃現上帝的臉龐，也曾經見過滿樹天使，天使之翼宛若點點星光妝點著樹枝，布雷克將這些異象入詩，卻不被世人理解，生前詩名不傳，卻對後世文壇影響深遠，啟發華茲華斯、葉慈、艾略特（T.S. Eliot）等詩人，視之為浪漫主義先驅。2014 年蘋果公司為了慶祝「Apple Watch」誕生和「iPhone 6」問世，讓全球免費在 iTunes 上下載愛爾蘭搖滾樂隊 U2 的專輯《純真之歌》，整張專輯從名稱到編曲概念，全都是向布雷克的同名詩集致敬。

過往的熟面孔

查爾斯‧蘭姆

The Old Familiar Faces (1798)

我有過玩伴，我有過朋儕，
童年的日子，歡樂的校園，
散了吧，都散了，過往的熟面孔。

我開懷大笑，我縱酒狂歡，
夜飲、夜聊，與知心密友，
散了吧，都散了，過往的熟面孔。

我曾經愛過，天仙美人兒；
拒我於門外，不與我相見——
散了吧，都散了，過往的熟面孔。

我有過朋友，最好的朋友；
忘恩、負義，我驀然離去；

離開他，去懷想，過往的熟面孔。

幽靈般，緩步過幼時流連往返處。
故土如荒漠我必須橫過，
去追尋，去尋找，過往的熟面孔。

我的知心，你與我比手足更親，
奈何你我卻未生在同個家庭？
否則便能暢談，過往的熟面孔——

他們已不在人世，他們拋下了我，
他們被人奪了去；他們離開了我；
散了吧，都散了，過往的熟面孔。

I have had playmates, I have had companions,
In my days of childhood, in my joyful school-days,
All, all are gone, the old familiar faces.

I have been laughing, I have been carousing,
Drinking late, sitting late, with my bosom cronies,
All, all are gone, the old familiar faces.

I loved a love once, fairest among women;
Closed are her doors on me, I must not see her —
All, all are gone, the old familiar faces.

I have a friend, a kinder friend has no man;
Like an ingrate, I left my friend abruptly;
Left him, to muse on the old familiar faces.

Ghost-like, I paced round the haunts of my childhood.
Earth seemed a desert I was bound to traverse,
Seeking to find the old familiar faces.

Friend of my bosom, thou more than a brother,
Why wert not thou born in my father's dwelling?
So might we talk of the old familiar faces —

How some they have died, and some they have left me,
And some are taken from me; all are departed;
All, all are gone, the old familiar faces.

思念底下的思念

〈過往的熟面孔〉共七節，每節三句，一、二、三、七節收在同一句 ——「散了吧，都散了，過往的熟面孔」，明面上，前三節分別哀逝歡樂的童年、浪蕩的青春、痴迷的戀戀，暗地裡卻似以遙遠的笑聲、近前的酒杯、苦澀的戀情去掩飾那若隱若現的「熟面孔」，究竟這張「熟面孔」影射何人？竟然讓詩人拋棄摯友（第四節）、流連過往（第五節）？答案在第六節呼之欲出——直指詩人的家庭。然而故人已逝，終不可得。最末一節以字寄情，悼念所有離開之人，將對這「熟面孔」的思念隱藏在所有的思念底下。

蘭姆（Charles Lamb，1775-1834）發表這首詩時雖然才 23 歲，但已飽經憂患。蘭姆的父親原本是國會議員兼律師叟特（Samuel Salt）的書記，1792 年叟特亡故，蘭姆的父親遭解職，家中頓失經濟來源，17 歲的蘭姆因此放棄學業任職東印度公司維持家計。然而，由於父親中風，母親孱弱，加上求愛遭拒，蘭姆精神崩潰，於 1795 年底在療養院休養了六個星期。1796 年，蘭姆的親姐姐瑪麗（Mary Lamb）不堪事親重負，於當年 9 月精神病發，釀成手刃母親的家庭悲劇，蘭姆從此一肩挑起家事，白天在東印度公司倫敦辦公室經手商貿紀錄，

並利用公餘寫詩作文賺取外快，包括這首〈過往的熟面孔〉。

念舊的倫敦人

從〈過往的熟面孔〉第二節，不難看出蘭姆交遊廣闊，常與三五好友縱情夜飲，往來者多為英國浪漫主義時期作家，例如華茲華斯、柯立芝，前者是寄情山水頌讚田園之美的桂冠詩人，柯立芝則藉藥力寫出〈忽必烈汗〉（"Kubla Khan"）等名詩傳世。柯立芝與蘭姆的友誼始於學生時代，兩人交情甚篤，蘭姆因為受到柯立芝的啟發而開始作詩，早年的詩作大多收錄在柯立芝的《詩集》（*Poems*）第二版中，因而有論者認為柯立芝便是此詩中「比手足更親的」知己。

蘭姆透過柯立芝結識了許多文壇大家，常在家中舉辦聚會邀集文友吟詩小酌。相較於家宴中座上嘉賓，蘭姆在世時籍籍無名，不愛山、不嗑藥，就只是個朝九晚五的平凡上班族，愛倫敦、愛念舊，每每以素日所見入題，藉由文字在光陰裡頻頻回首，一次次走過兒時流連往返之處、橫越過人去樓空的荒涼故土，利用記憶推砌出安身立命的所在。在那裡，兒時的笑聲依舊，青春的宴飲依舊，愛人的容顏依舊，母親的面孔依舊。

─── {文學一瞬} ───

　　蘭姆受僱於東印度公司長達三十三年，期間還要照顧姐姐，因而從未專職寫作，僅以煮字增加財源，但卻著作等身、創作體裁廣泛，涵蓋詩歌、散文、評論、戲劇、兒童文學，在世時以散文和評論聞名，名作《以籟雅隨筆》（*Essays of Elia*，1823）便借用義大利同事「以籟雅」的名字，以溫柔的筆觸刻畫品評倫敦都會生活。而今蘭姆最廣為人知的作品當屬《莎士比亞戲劇故事集》（*Tales From Shakespeare*，1807），出版者威廉・戈德溫（William Godwin）亦是蘭姆家宴的座上嘉賓，戈德溫 1805 年力邀蘭姆姐弟將莎劇改編成兒童文學，由瑪麗負責喜劇、由蘭姆操刀悲劇，二人刪繁就簡，將 20 部莎劇改寫成散文，其中 14 部出自瑪麗手筆，然因性別所囿，初版時並未掛名。《莎士比亞戲劇故事集》問世後雖然並未獲文壇好評，但卻長銷不輟，甚至風行海外，第一部中文節譯本《澥外奇談》（譯者未署名）於 1903 年問世，全譯本《英國詩人吟邊燕語》（林紓與魏易合譯）則於 1904 年付梓，三十年間再版 11 次。當年那位孜孜矻矻的倫敦上班族，應該很難想像自己的文名竟遠渡重洋、名垂後世吧。

痛失手足的落寞

悼安妮‧布朗忒

夏綠蒂‧布朗忒

On the Death of Anne Brontë (1849)

生命裡再無歡喜，
墳墓裡再無震驚；
歷經了生死別離，
恨不能以命抵命。

靜看那微弱鼻息，
盼著盼著那嚥氣；
只願死亡的陰影，
在可愛的臉上烙印。

那朵雲，那勢必要
帶走吾愛的靜寂；
我由衷感謝上帝，
以誠心、以虔敬。

但這世間已失去
希望、已失去光輝；
風雨肆虐夜幕低垂，
紛擾令人惱，獨自受。

There's little joy in life for me,
　　And little terror in the grave;
I've lived the parting hour to see
　　Of one I would have died to save.

Calmly to watch the failing breath,
　　Wishing each sigh might be the last;
Longing to see the shade of death
　　O'er those belovèd features cast.

The cloud, the stillness that must part
　　The darling of my life from me;
And then to thank God from my heart,
　　To thank Him well and fervently;

Although I knew that we had lost

The hope and glory of our life;

And now, benighted, tempest-tossed,

Must bear alone the weary strife.

【作品賞析】

當小說家提筆寫詩

提起本詩作者夏綠蒂・布朗忒（Charlotte Brontë，1816-1855），大部分讀者首先想到她的長篇小說《簡愛》（*Jane Eyre*）。在這部半自傳體的小說中，女主角簡愛就讀的寄宿學校爆發瘟疫，夏綠蒂確實親身經歷過，目睹就讀同校的大姊瑪麗亞（Maria，1813-1825）和二姊伊麗莎白（Elizabeth，1815-1825）染病去逝，死亡就此成為夏綠蒂心頭揮之不去的陰影。

喪姊後夏綠蒂成為家中老大，都說是長姊若母，夏綠蒂從九歲起開始帶著妹妹艾蜜莉（Emily Brontë，1818-1848）和安妮（Anne Brontë，1820-1849）讀書寫作，成年後三人為了迴避英國文壇對女作家的歧視，分別以本名首字母 C、E、A 化名為庫瑞爾、艾利斯、阿克頓，並以貝爾為姓氏，三人合著出版《庫瑞爾、艾利斯、阿克頓・貝爾的詩集》（*Poems by Currer, Ellis, and*

Acton Bell，1846）。隔年，三姐妹的小說接續面世，由夏綠蒂的《簡愛》打頭陣，艾蜜莉的《嘯風山莊》（*Wuthering Height*）和安妮的《艾格妮絲·格雷》（*Agnes Grey*）殿後，一舉奠定夏綠蒂在英國文壇的名聲。

不料死神與名聲相伴而至。《嘯風山莊》出版隔年，艾蜜莉因肺癆病逝，得年 30 歲；再過一年，肺癆奪走了安妮的性命，年僅 29 歲。夏綠蒂手足凋零，久未作詩的她提筆寫下弔詩〈悼安妮·布朗忒〉，全詩四節，每節四行，以規律的換韻（ABABCDCDEFEFGHGH）串起看似零散的詩節，第一節描述妹妹逝世帶來劇烈的沉痛，讓詩人再也感受不到生命的喜悅和對死亡的恐懼，第二節回顧妹妹臨終前飽受病魔折磨，令詩人百般不捨，只盼妹妹早日解脫，第三節寫妹妹蒙主恩召，詩人因而感謝上帝的恩典，但又在第四節唏噓妹妹死後自個兒寂寞，只能將心中的悲悼化為紙上的詩句，藉以緬懷往昔三人共同作詩為文的日子。全詩文字樸素而感情真摯，詩人千迴百轉的心境躍然紙上。

不羈的詩句是我自由的心靈

夏綠蒂從 13 歲開始寫詩，詩作兩百餘首，20 歲時夢想賣詩維生，因而寫信向桂冠詩人羅伯·邵塞（Robert Southey）討教，並在信中附上詩作請邵塞指點，沒想到

卻被邵塞潑了一桶冷水——邵塞回信說文學終究不是女人家的事，勸夏綠蒂早早打消念頭。可是，夏綠蒂並沒有因此死心，也沒有索性找個長期飯票草草嫁人，她接下家庭教師的工作，並利用餘暇筆耕不輟，期盼能以奔放的詩句換得經濟的自由，掙脫維多利亞時代為女性銬上的枷鎖。

當時女性既得不到正規教育又沒有財產繼承權，成年後除了嫁人之外，就只剩下站櫃檯、做苦工、當家教三條出路。夏綠蒂不甘雌伏，積極與男性主導的出版圈接洽聯繫，決心領著兩個妹妹靠寫作另闢蹊徑，並在詩集滯銷後立即轉戰小說市場，果然靠著小說《簡愛》在文壇闖出名號，此後便以創作小說為主。這首〈悼安妮·布朗忒〉應為其封筆之詩，從詩末的「紛擾令人惱，獨自受」，不難想像夏綠蒂痛失手足後，獨自心織筆耕的落寞身影。

──── {文學一瞬} ────

　　夏綠蒂最終還是嫁人了。還記得她出版詩集用的化名庫瑞爾·貝爾嗎？貝爾這姓氏來自亞瑟·貝爾·尼科爾斯（Arthur Bell Nicholls，1819-1906）的中間名，這位男士從 1845 年起擔任夏綠蒂父親的助理牧師，1848年主持了艾蜜莉的喪禮，並在安妮過世後，於 1852 年向夏綠蒂求婚，卻遭到夏綠蒂的父親大力反對，認為這窮小子高攀不上自己的女兒，但夏綠蒂執意要嫁。兩人最終於 1854 年成婚，婚後不久夏綠蒂便死於妊娠併發症，得年 39 歲。

白色小靈車

蕙樂

The Little White Hearse (1892)

誰家的嬰孩今日下葬──
空蕩蕩的白色靈車轆轆來歸,
晨光少了笑容少了爽朗,
我停下步伐與靈車交會,
似見陰影橫過太陽的金軌。

誰家的嬰孩入土安眠,
白似雪花蓮,美麗入眼簾,
綿軟的小手交疊在胸前,
雙手雙唇雙眼都給按上
火熱的親吻如同眼皮的冰涼。

誰家的嬰孩離了視線,
躲在棺材裡──出了門外;

從此只見黑暗只見朽壞
穿過夏日艷陽的恩典；
誰家的嬰孩不再醒來。

誰家的哀傷使我落淚：
我不識她的名，卻同她嗚咽，
她想留住的得來不易的寶貝
已經駛向永恆的長眠，
白色小靈車轆轆來歸。

我不識她的名，卻懂她的悲，
與靈車交會的我再次感受
悲傷的長河從心底湧流，
那哀痛只發源於母親的胸口，
只因白色小靈車也曾來過。

Somebody's baby was buried to-day--

　　The empty white hearse from the grave rumbled back,
And the morning somehow seemed less smiling and gay
　　As I paused on the walk while it crossed on its way,
And a shadow seemed drawn o'er the sun's golden track.

Somebody's baby was laid out to rest,

   White as a snowdrop, and fair to behold,

And the soft little hands were crossed over the breast,

   And those hands and the lips and the eyelids were pressed

With kisses as hot as the eyelids were cold.

Somebody saw it go out of her sight,

   Under the coffin lid--out through the door;

Somebody finds only darkness and blight

   All through the glory of summer-sun light;

Somebody's baby will waken no more.

Somebody's sorrow is making me weep:

   I know not her name, but I echo her cry,

For the dearly bought baby she longed so to keep,

   The baby that rode to its long-lasting sleep

In the little white hearse that went rumbling by.

I know not her name, but her sorrow I know;

   While I paused on the crossing I lived it once more,

And back to my heart surged that river of woe

   That but in the breast of a mother can flow;

For the little white hearse has been, too, at my door.

苦痛恆久遠，名句永流傳

蕙樂（Ella Wheeler，1850-1909）是流行詩人，雖然並未在文學史上留名，但詩句卻廣為流傳，例如「笑，世界跟著你笑；哭，就你一個人哭」（Laugh, and the world laughs with you; weep, and you weep alone），便是出自蕙樂的詩作〈孤獨〉（"Solitude"，1883），創作靈感來自赴威斯康辛州長就職舞會途中，一位穿著喪服的少婦與蕙樂同車，見少婦默默垂淚，蕙樂便就近安慰，直到馬車駛抵舞會的會場，蕙樂與少婦告別，下了車，卻見眾人言笑晏晏，蕙樂心底一陣落寞，這種熱鬧中的孤獨向來只有紙筆最懂，遂成就了這首〈孤獨〉。

蕙樂心思細膩，對他人的哀愁感同身受，這般憐憫之心也展現在〈白色小靈車〉裡。全詩分為五節，第一節是伏筆，描述詩人看見靈車駛過時心頭一沉，第二節遙想靈車裡的嬰孩下葬時的情景，第三節句句雙關，「只見黑暗只見朽壞」既是嬰孩入土後的世界，也是母親喪子後的世界，接著過渡到第四節詩人與喪家同悲，節末以「白色小靈車轆轆來歸」呼應首節，並順勢於第五節揭曉詩人見靈車駛過心頭一沉的原委——「只因白色小靈車也曾來過」，原來這正是詩人的切身之痛。

蕙樂1884年嫁給商人，婚後不久便有了身孕，未

料愛子早夭，出生不久便病逝。蕙樂除了與丈夫一同尋求宗教慰藉，亦藉由寫詩、舉辦文友聚會排遣傷悲，1892 年出版《抒情詩選》（*Poems of Sentiment*），其中收錄的〈白色小靈車〉，將心中永恆的苦痛錘鍊成千古名句，藉以告慰天下父母心。

百年來的暢銷詩人

1867 年，蕙樂考入威斯康辛大學，但只讀了一年便輟學，此後全心投入創作，首部詩選《水滴集》（*Drops of Water*）於 1872 年初版，成名作《激情詩抄》（*Poems of Passion*）起初被出版商以內容傷風敗俗為由拒絕刊行，但也因此成為賣點，1883 年由另一家出版社推出後廣獲市場好評，兩年內銷量超過六萬本，奠定蕙樂作為暢銷詩人的地位。

蕙樂的詩大抵押韻，文字淺顯、詩句平易、題材通俗，美國讀者多半琅琅上口。《紐約時報》書評專欄作家費樂蔓（Hazel Felleman）編選的《美國最愛詩歌選》（*Best Loved Poems of the American People*，1936）收錄蕙樂的詩歌 14 首，其中〈命運之風〉（"The Winds of Fate"）亦入選賈德納（Martin Gardner）編纂的《雋永詩集》（*Best Remembered Poems*，1992），蕙樂人氣長紅，橫跨百年而不輟。

──── {文學一瞬} ────

　　蕙樂成名也早,高中畢業便已名滿威斯康辛州,步入文壇的原因竟是為了讀報。蕙樂從小就愛看書報,但父親經商失敗後家道中落,無法續訂她心愛的《紐約信差報》(*The New York Mercury*),蕙樂因此靈機一動,決定投稿換報紙,只要作品經《紐約信差報》刊出,便能獲贈當期報紙一份。1863 年,蕙樂的處女作登在《紐約信差報》上,這年她 13 歲,後續詩作則散見於《薇芙麗雜誌》(*Waverly Magazine*)、《萊斯利週刊》(*Leslie's Weekly*)等報刊雜誌,詩名頗盛。

死亡帶走了虛幻

得知一樁死訊

里爾克

On Hearing of a Death [7] (1907)

我們不知道有這番離別。死
還輪不到我們。我們何必
對死展現欽佩展現愛憎；
死戴著嗚呼哀哉的面具

蒙蔽我們。世界的舞台充滿
我們扮演的角色，擔心
自己的表演不夠討喜，
死也在表演，卻沒有掌聲。

但你下了台，舞台上裂開
一道現實，從那窄窄的縫隙

---

7 原詩德文題名為 Todes-Erfahrung，此處由 Albert Ernest Flemming 英譯。

消失了你，出現了：綠，
長青，沐浴在陽光裡，真正的森林。

我們繼續演著，擔心著，在角色裡
煎熬著，慷慨陳詞著，搭配著劇本裡
給的手勢。你的存在從我們之間
從這齣戲裡消失得太快，有時

另一種現實彷彿席捲我們：你的
現實，在那裡我們淋漓盡致
揮灑生命再也不顧劇本，
忘卻了掌聲。

We lack all knowledge of this parting. Death

does not deal with us. We have no reason

to show death admiration, love or hate;

his mask of feigned tragic lament gives us

a false impression. The world's stage is still

filled with roles which we play. While we worry

that our performances may not please,

death also performs, although to no applause.

But as you left us, there broke upon this stage

a glimpse of reality, shown through the slight

opening through which you disappeared: green,

evergreen, bathed in sunlight, actual woods.

We keep on playing, still anxious, our difficult roles

declaiming, accompanied by matching gestures

as required. But your presence so suddenly

removed from our midst and from our play, at times

overcomes us like a sense of that other

reality: yours, that we are so overwhelmed

and play our actual lives instead of the performance,

forgetting altogether the applause.

【作品賞析】

人生開始在父親下台之後

里爾克（Rainer Maria Rilke，1875-1926）在〈得知一樁死訊〉中吐露了父親逝世帶來的領悟。里爾克的父親在 1906 年過世，因早年父母離異，里爾克與父親只

做了九年的父子，這段父子關係雖然不長，但對里爾克的早年頗具影響。

里爾克的父親名叫約瑟夫（Josef Rilke），是位仕途不順的軍官，退伍後於布拉格擔任鐵路局官員，娶了奧匈帝國議員兼富商之女蘇菲（Sophoe Entz）為妻，兩人的婚姻並不美滿，蘇菲自認屈尊下嫁，因此在里爾克九歲那年離婚，約瑟夫則自認官場失意緣於自己並非軍校出身，因此早早便把里爾克送入軍校就讀，嚴苛的軍紀訓練讓天性細膩浪漫的里爾克吃足苦頭，1890 年因健康不佳遭軍校退學。

眼看從軍之路無望，父母轉而期盼里爾克效法外公從商，因此將他送往林茨商業學校就讀，但他卻在錙銖計算之間迸發詩情，在報紙上發表了第一首詩作，談了場害他被退學的戀愛，從而跌跌撞撞走上文學之路。

父親逝世這年，里爾克 30 歲。回首前半生，他依著父母的劇本吃力演出，從中摸索著自己的戲路，但終究是照著社會給的腳本在走──求學、戀愛、結婚、生子、謀職，直到父親離開人生的舞台，他才驚覺「現實」的存在。於是，詩人開始流浪了。里爾克辭去了羅丹秘書一職，在巴黎漫遊。

在〈得知一椿死訊〉裡，死，是現實，人離世後留下的裂口，是現實。死亡平時戴著面具，同世人在舞臺

上演著不求掌聲的戲，但總會現身揭露表演的虛假，死亡從我們身上帶走的是虛幻，帶不走的是現實，這道現實是沐浴在陽光下的森林——這片生機洋溢的綠意正是死亡的真面目，召喚世人卸去角色、走下舞台，在徹底了悟人終究免不了一死後，盡情揮灑生命的色彩。

忘卻掌聲的孤獨詩魂

〈得知一樁死訊〉後的里爾克，一改早期浪漫抒情的詩風，力求以細膩精準的文字描摹外在客體的精髓，將巴黎印象寫成〈藍色繡球花〉（"Blaue Hortensie"）、〈旋轉木馬〉（"Das Karussell"）、〈遠古的阿波羅石像殘軀〉（"Archaïscher Torso Apollos"）等即物詩（Ding Gedicht），收錄於《新詩集》（*Neue Gedichte*，1907）和《續新詩集》（*Der neuen Gedichte anderer Teil*，1908）。在這一首首看似疏離的即物詩背後，是一縷孤獨的詩魂。一是語言上的孤獨。里爾克生在奧匈帝國波希米亞地區首府布拉格，當地說的捷克語，而里爾克家族說的則是德語，成年後在巴黎發展，在法語社會用德語寫詩。二是身份上的孤獨。由於姊姊早夭，在父母離異前，思女心切的母親都將里爾克當作小女孩來養，在父母離異後，里爾克又被送往軍校當作大男孩來教，成年後這位奧匈帝國的子民選擇攻讀德國文學，里爾克的身份始終在性別和國族之間彷徨。

──── {文學一瞬} ────

　　在巴黎的旅館裡，里爾克看似抽離自我、不帶感情寫著即物詩，實則將孤獨的詩魂放逐到小說《布里格手記》（*Die Aufzeichnungen des Malte Laurids Brigge*，1910）裡，全書由 71 篇主角布里格的手記組成，這位浪跡巴黎的丹麥落魄貴族，在回憶與自白中抒發對孤獨、恐懼、疾病、死亡的看法，許多片段直接取自作者里爾克的書信和日記，里爾克以日常融入藝術，將生命活成創作，在忘卻掌聲的孤獨裡活出不朽，一如〈得知一椿死訊〉裡那座長青的森林。

撫慰一億人的心

不要站在我的墳前哭泣

瑪麗·伊莉莎白·弗萊

Do Not Stand at My Grave and Weep (1932)

不要站在我的墳前哭泣，

我不在那裡，我沒有沉睡。

我是千縷微風吹，

是輕輕的飄雪，

是柔柔的落雨，

是成畦的吐穗。

我是早晨的靜謐，

是優雅的疾飛，

是群鳥的迴旋，

是夜晚的星辰。

我在花朵的盛開裡，

我在安靜的房間裡，

我在鳥兒的鳴唱裡，

我在可愛的事物裡。

不要站在我的墳前悵望，

我不在那裡，我沒有離去。

Do not stand at my grave and weep,

I am not there, I do not sleep.

I am in a thousand winds that blow,

I am the softly falling snow.

I am the gentle showers of rain,

I am the fields of ripening grain.

I am in the morning hush,

I am in the graceful rush

Of beautiful birds in circling flight,

I am the starshine of the night.

I am in the flowers that bloom,

I am in a quiet room.

I am in the birds that sing,

I am in each lovely thing.

Do not stand at my grave bereft

I am not there. I have not left.

牛皮紙袋上的素人創作

　　本詩作者瑪麗・伊莉莎白・弗萊（Mary Elizabeth Frye，1905-2004），是美國家庭主婦，三歲時失去雙親，第一次世界大戰前夕從出生地俄亥俄州移居馬里蘭州。婚後丈夫在此經營服飾業，她則蒔花弄草開設花店。

　　一九三〇年代，反猶主義風起，在德國尤其猖獗，德裔猶太人因此流亡他鄉避居，包括美國在內。瑪麗不顧當時因經濟大蕭條（1929-1939），排猶聲浪日漸高漲，毅然收留德裔猶太少女瑪格麗特・施華蔻（Margaret Schwarzkopf）。1932 年，施華蔻母親病危，無奈德國對猶太人的迫害變本加厲，1933 年納粹黨領袖希特勒上臺後更展開猶太人大屠殺，施華蔻回鄉奔喪無望，滿腔悲痛只能向弗萊傾訴。弗萊聽施華蔻哀嘆自己連站在母親墳前哭泣的機會都沒有，頓時文思泉湧，隨即在牛皮紙袋寫下這首小詩，起句就是「不要站在我的墳前哭泣」，安慰施華蔻逝者已化作她身邊的微風、白雪、陽光、星辰，告慰生者無須佇立於墳前落淚。

廣為傳誦至正式付梓

　　本詩共 16 行，每行八個音節，格律接近抑揚四音

步（iambic tetrameter），尾韻韻式為 AABBCCDDEEFF GGHH，每兩行構成一組對句（couplet），開頭和結尾連用三個否定句，強烈反對生者對逝者垂淚，宛如嚴母在訓誡女兒不許哭，中間六個對句則換上肯定句溫柔寬慰，殷殷期盼女兒在晝夜交替、四季更迭中緬懷母親。整首詩用字簡潔、情感真摯，雖然未曾公開出版，卻在民間廣為流傳。

1995 年，英國軍人史蒂芬・柯明斯（Stephen Cummins）在北愛爾蘭遭共和軍炸死，遺物中有一封信，信封上寫著「獻給我的摯愛」，信箋上則抄寫了這首〈不要站在我的墳前哭泣〉，柯明斯的父親因此受邀上英國廣播公司朗誦這首詩，悼念所有為國捐軀的青年，在英國引發廣大迴響，短短數週便有三萬多位英國民眾請求英國廣播公司刊行這首詩。當時英國廣播公司的節目「書蟲」（The Bookworm）正在票選全國最受歡迎的詩作，最高票的前一百首將集結成冊出版，〈不要站在我的墳前哭泣〉雖然來不及入圍，但卻收錄進隔年出版的詩集《英國最愛詩選》（*The Nation's Favourite Poems*）。編輯在〈前言〉表示此詩雖未參賽、也不清楚作者是誰，但因節目播出後反響熱烈，不啻為英國最受歡迎詩作，因此將全詩刊行於〈前言〉中，這是書中最顯著的位置，列於第一高票吉普林（Rudyard Kipling）的詩作〈如果〉（"If"）之前，亦是本詩第一

次付梓。

〈不要站在我的墳前哭泣〉問世後，於無數告別式上為人朗誦。從 1938 年美西戰爭退除役官兵追思會，到 2001 年九一一事件紀念會，六十多年間，這首詩作撫慰了一億人的心，更翻譯成多國語言。

> ● 延伸聆賞
> 〈不要站在我的墳前哭泣〉日文演唱版

——— ｛文學一瞬｝ ———

2001 年日本作曲家新井滿在老友妻子的追悼文集中讀到本詩的日文譯文，大受感動之餘決定自己翻譯並譜曲，希望能寬慰委靡不振的老友全家。2006 年，這首出自新井滿手筆的〈千の風になって〉（中譯〈千風之歌〉或〈化為千風〉）在「第 57 屆 NHK 紅白歌合戰」由木村拓哉朗誦、秋川雅史演唱，一時之間膾炙人口，更拿下 2007 年度單曲榜冠軍。

這首詩之所以能跨越語言國界撫慰世人，原因之一在於作者弗萊從未申請版權，她認為這首詩並不屬於她個人，而是為全世界所共有。弗萊終其一生未曾因為這首詩成名或致富，只如同普通人般安安靜靜度過餘生。在她的葬禮上，親友朗誦了〈不要站在我的墳前哭泣〉，作為她平凡人生最後、也最耀眼的點綴。弗萊真的沒有離去，她至今仍以樸實無華的文字療癒一代代世人的心。

我的孩子

蓋斯特

A Child of Mine (1935)

我願借你們，借一陣子，
我的孩子，祂說。
借你們疼愛當他在世，
借你們哀傷當他離世。
借你們六、七年，
借上二十二、三年。
你們願意，在我召回他之前，
替我看顧他嗎？
他的可愛討你們歡喜，
縱使待的時間不長，
至少有可愛的回憶
安慰你們的憂傷。
出於塵土必歸於塵土，
我不能應允他留下。

但這世間有我

要這孩子學習的功課。

我四處尋覓，

合適的老師，

在擠滿生之窄巷的人群裡，

我選擇了你們。

你們是否願意全心全意愛他，

即使勞苦枉然也不引以為意，

也不記恨我來

將他召回我身邊？

我彷彿聽見他們說：

「親愛的主！祢的旨意必得成全！」

祢的孩子帶給我們喜樂，

我們願意承擔哀傷。

溫柔呵護他，

傾力愛護他，

我們既嚐了這快樂，

便永遠心存感恩。

縱使天使召他回去，

縱使時間比預想的早，

我們也會勇敢挺過悲痛，

努力瞭解祢的旨意。

I will lend you, for a little time,

A child of mine, He said.

For you to love the while he lives,

And mourn for when he's dead.

It may be six or seven years,

Or twenty-two or three.

But will you, till I call him back,

Take care of him for Me?

He'll bring his charms to gladden you,

And should his stay be brief.

You'll have his lovely memories,

As solace for your grief.

I cannot promise he will stay,

Since all from earth return.

But there are lessons taught down there,

I want this child to learn.

I've looked the wide world over,

In search for teachers true.

And from the throngs that crowd life's lanes,

I have selected you.

Now will you give him all your love,

Nor think the labour vain.

Nor hate me when I come

To take him home again?

I fancied that I heard them say,

'Dear Lord, Thy will be done!'

For all the joys Thy child shall bring,

The risk of grief we'll run.

We'll shelter him with tenderness,

We'll love him while we may,

And for the happiness we've known,

Forever grateful stay.

But should the angels call for him,

Much sooner than we've planned.

We'll brave the bitter grief that comes,

And try to understand.

【作品賞析】

寫詩的報人

蓋斯特（Edgar Guest，1881-1959）出生在英國伯明罕，10 歲隨家人移居美國密西根州底特律市，77 歲以美國「國民詩人」（People's Poet）的封號過世，生前自稱「寫詩的報人」，三十年來每天在其任職記者的《底特律自由報》（*Detroit Free Press*）上發表詩作，生平共

215

刊出詩作 11,000 多首，提供詩稿給全美三百多家報社，出版詩集 20 餘部，成名作《成堆的生活》（*A Heap O'Livin'*，1916）銷量破百萬，代表作《蓋斯特詩選》（*Collected Verse of Edgar Guest*，1934 ）出版不久便再版 11 次。

　　蓋斯特起初專跑警界新聞，後來成為摘報編輯，負責剪貼其他合作報社的文字作為自家報紙的補白，其中最常剪貼的就是詩歌，蓋斯特因此靈機一動──與其剪貼，倒不如自己寫？他將詩稿給主編過目，第一篇詩作於 1898 年 12 月 11 日面世，蓋斯特從此勤於寫詩，寫到第六年，報社替他闢了個詩歌專欄「閒談」（Chaff），每週刊一次，讓他針對各種主題發表詩作，深受讀者喜愛，因此每週「閒談」變成每日「早餐桌閒聊」（Breakfast Table Chat），蓋斯特從此不再左手寫詩、右手寫新聞稿，轉而安安分分當個寫詩的報人，他用心耕耘的「早餐桌閒聊」大受歡迎，極盛時期同步在全美 300 多份報紙上發表最新詩作，成千上萬的讀者每天守在早餐桌旁一睹為快，如此待遇，不知羨煞古今中外多少文人。

勿忘寫詩人

　　蓋斯特從報人轉為詩人的契機，其實來自一樁死訊。1908 年，他獨自在雨中參加同行的葬禮，看著前輩

晚景淒涼，明明生前日日署名發稿，死後卻遭世人遺忘，葬禮竟然只有一人到場，蓋斯特不免心有戚戚，當下決定不再寫新聞，轉而專心作詩，決心以詩作流傳於後世。

蓋斯特揀選日常題材寫了一萬多首詩，文字淺白易懂，詩風詼諧親切，緊扣大眾心弦。他曾經自述：「我拿發生在我身上的日常瑣事作為素材，想著很多人也有同樣的遭遇，便將這些瑣事寫成簡單的詩。」這首〈我的孩子〉便是如此，蓋斯特藉由上帝之口，勸慰痛失愛兒的天下父母、撫慰白髮人送黑髮人的悲哀。詩中的上帝平易近人，彷彿附在讀者耳邊切切私語，搭配上詩人淺顯易懂的文字，讀來格外引人共鳴。

▶ 延伸聆賞
〈我的孩子〉英文朗讀版

───── {文學一瞬} ─────

　由於詩作大受歡迎，蓋斯特在美國廣播公司
（NBC）開設了自己的廣播節目，1951 年成為電視節目
「貴府來客」（A Guest in Your Home）的主持人。1952
年，美國參議院通過第 38 號聯合決議案，將「密西根
州桂冠詩人」的頭銜頒給了蓋斯特。這個來自英國的窮
小子，最終竟然成為聞名全美的大詩人，蓋斯特可說是
活出了傳奇的人生。

　舉薦蓋斯特成為「密西根桂冠詩人」的議案上寫道：
「多年來成千上萬的密西根民眾以蓋斯特的詩作為精神
食糧，其精微的幽默和樸素的哲理陪伴民眾走過生命的
低潮。蓋斯特的詩作既刻劃了密西根人民的日常生活，
也反映了美國立國的原則。」僅管蓋斯特的詩未能躋身
學術殿堂，卻已經成為無數平民的人生風景，至今仍未
被後世淡忘。

童年是
無人死去的王國

米蕾

Childhood Is the Kingdom Where Nobody Dies (1934)

童年並非從出生到幾歲，歲數一到
孩童便脫去稚氣長大成人。
童年是無人死去的王國。

無足輕重的人不算。遠房親戚當然會死，
反正不是沒見過就是只見過一個鐘頭，
送你桃綠條紋提袋裝糖果送你摺刀，
然後就走了，稱不上真正活過。

而貓會死。躺在地上，揮動尾巴，
含蓄的貓毛一陣騷動，
你不曉得裡頭躲著的跳蚤

烏油油地、曉得一切該曉得地

還徙進活生生的世界。

你取來鞋盒，卻裝不下，因為貓兒不願再蜷起身
子：

你找來大一點的盒子，把貓兒埋進院子裡，落淚。

但你不會在日後醒來──兩個月後、

一年之後、兩年之後──在半夜

落淚，用指關節抵著牙齒，哭喊著喔天啊！喔天
啊！

童年是無人死去的王國，舉足輕重的人

──父親和母親，還健在。

若你曾怨過：「拜託，你一定要這樣親人親不停
嗎？」

或是：「喔唷，你別再用頂針敲窗戶了行不行！」

明天──甚至是後天，縱使你忙著玩耍，

都還是可以找到時間說：「媽，對不起。」

長大是與往生者同坐，

他們不聽也不說，

有茶也不喝，卻老愛提

茶有多撫慰人心。

跑下地窖拿出最後一罐木莓，
他們不為所動。
奉承他們，問他們究竟說了什麼，
就是那時候，對主教說的，對工頭說的，對梅森
太太說的，
他們沒上當。
吼他們，鬧個臉紅耳赤，起身
扶著他們僵硬的肩膀，把他們從椅子上拉起來，
搖他們，罵他們；
他們不驚惶，他們不羞愧。他們
陷回座位。

你的茶涼了。
你喝光，起身，
從屋子離開。

Childhood is not from birth to a certain age and at a
certain age
The child is grown, and puts away childish things.
Childhood is the kingdom where nobody dies.

Nobody that matters, that is. Distant relatives of course

Die, whom one never has seen or has seen for an hour,

And they gave one candy in a pink-and-green stripéd bag,
or a jack-knife,

And went away, and cannot really be said to have lived at
all.

And cats die. They lie on the floor and lash their tails,

And their reticent fur is suddenly all in motion

With fleas that one never knew were there,

Polished and brown, knowing all there is to know,

Trekking off into the living world.

You fetch a shoe, but it's much too small, because she
won't curl up now:

So you find a bigger, and bury her in the yard, and weep.

But you do not wake up a month from then, two months

A year from then, two years, in the middle of the night

And weep, with your knuckles in your mouth, and say Oh,
God! Oh, God!

Childhood is the kingdom where nobody dies that matters,
—mothers and fathers don't die.

And if you have said, "For heaven's sake, must you
always be kissing a person?"

Or, "I do wish to gracious you'd stop tapping on the window with your thimble!"

Tomorrow, or even the day after tomorrow if you're busy having fun,

Is plenty of time to say, "I'm sorry, mother."

To be grown up is to sit at the table with people who have died, who neither listen nor speak;

Who do not drink their tea, though they always said

Tea was such a comfort.

Run down into the cellar and bring up the last jar of raspberries;

they are not tempted.

Flatter them, ask them what was it they said exactly

That time, to the bishop, or to the overseer, or to Mrs. Mason;

They are not taken in.

Shout at them, get red in the face, rise,

Drag them up out of their chairs by their stiff shoulders and shake them and yell at them;

They are not startled, they are not even

embarrassed; they slide

back into their chairs.

Your tea is cold now.
You drink it standing up,
And leave the house.

【作品賞析】

浪漫詩人閒話家常

一般談起米蕾（Edna St Vincent Millay，1892-
1950），總要先細數這位「女拜倫」男女通吃的浪漫
情史，其名句「我的唇吻過誰的唇，何處，何故，／我
已忘記，誰的臂彎枕著／我直到天明；但今夜／雨裡鬼
魅幢幢，敲打嘆息／在窗上傾聽著回應，／我心底作痛
隱隱／記不得的少年再也不會／在午夜裡轉向我呼喚我
名」，以淺白的字句道出露水姻緣幻夢多，詩風美麗而
大膽，收在其詩集《豎琴織女之歌》（*The Ballad of the
Harp-Weaver*，1922），1923 年獲得普立茲詩歌獎，成
為第三位獲得此項殊榮的女詩人。

這樣一位風流才女，一提起筆就是風光旖旎，彷彿
橫空出世、不食人間煙火，實際上卻有過十載寒窗，也

寫過不少閒話家常的詩。米蕾生長在單親家庭，八歲時母親休掉了輕佻的父親，努力考上護士撫養三個女兒。儘管家境並不富裕，但母親仍鼓勵米蕾讀書學琴、勉勵女兒奮發向上。米蕾也確實爭氣，14 歲便開始在兒童雜誌《聖尼古拉》（*St. Nicholas*）上發表詩作，20 歲以長詩〈重生〉（"Renascence"，1912）參加《詩年》（*The Lyric Year*）舉辦的詩歌比賽，雖未獲獎，但詩作刊出後卻廣獲好評，因而獲得貴人資助進入紐約州名媛大學瓦薩學院（Vassar College）深造。

母親的堅毅

米蕾受母親的影響很深，受母親的逝世的影響更深。1931 年 2 月，米蕾的母親病逝，童年正式告終，死神開始在米蕾的詩裡出沒，她在詩集《葡萄榨的酒》（*Wine From These Grapes*，1934）裡「沾著酒漬躺下死去」，等著愛人──死神──前來臨幸；〈童年是無人死去的王國〉也收在這本詩集裡，米蕾以淺白的詩句描述一般人認識死亡的歷程：從親戚之死、寵物之死到至親過世，死亡的輪廓從朦朧到清晰，一次次午夜夢迴，一次次走進回憶，一次次確認自己孑然無依的事實。

但至少米蕾還有波賽凡（Eugen Jan Boissevain），兩人於 1923 年成婚，波賽凡全力支持米蕾的文學事業，

也互相給予對方追求愛情的空間，這段婚姻一直維持到波賽凡逝世，留下米蕾形單影隻，她寫下〈我母親的勇氣〉（"The Courage That My Mother Had"，1949），喟嘆母親沒將如花崗岩般的堅毅留給自己，「喔，但願她留給我的／是她帶進那墓裡的／如岩石般的勇氣，她／用不著，我卻需要。」米蕾最終還是沒有與往生者同坐的勇氣，她在 1950 年離世，留給後人兩百多首詩。

—— ｛文學一瞬｝ ——

　　米蕾 1917 年取得學士學位後搬到紐約市格林威治村，靠著寫稿和演戲維生，雖然出版了《重生詩選》（*Renascence, and Other Poems*，1917），但受到美國參與第一次世界大戰的牽連，並未獲得詩壇矚目。第二本詩集《荊棘叢中的數枚無花果》（*A Few Figs from Thistles*，1920）探索了女性情慾，一出版便引起議論紛紛，尤其是卷首詩〈第一顆無花果〉（“First Fig”）：「我那根蠟燭兩頭燒，／撐不到拂曉，／啊，敵人吶，喔，朋友啊，／看那燭光多妖嬈。」儘管相隔一世紀，詩中那灼熱的燭光依然嫵媚而燙人。

　　第二本詩集《豎琴織女之歌》則是獻給母親之作，感念母親為了自己犧牲奉獻，一如詩中的豎琴織女在寒冬以琴弦紡織衣物給受凍的愛兒，米蕾以琴弦比喻音樂，以紡織比喻創作，藉此暗喻母親當年對自己的栽培。全詩以世態的炎涼對比親情的溫暖，展現出米蕾樸實家常的那一面。

{輯五}
獻給名人

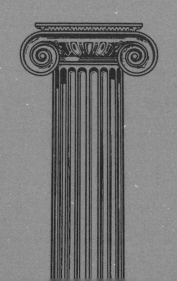

歐洲中世紀的藝術題材「死亡之舞」隱含了「人終須一死」（memento mori）的宗教思想，也常常可見西方悼亡詩援用。在本輯中，策蘭的〈死亡賦格〉（"Todesfuge"）原名〈死亡探戈〉（"Tangoul Mor ii"），便是借用「死亡之舞」這個典故，悼念所有死於納粹大屠殺的亡魂。

紀念烽火中的亡靈是常見的悼亡詩主題，詩句常於西方國家的復活節、國殤日、陣亡將士紀念日上朗誦，藉以撫慰未亡人的傷痛，本輯選錄的惠特曼〈船長！我的船長！〉、賴利〈走嘍〉、愛德華・湯瑪斯〈憶舊〉皆屬此類，都是悼念戰爭英雄的詩作。相較之下，綏夫特〈悼已故名將諷諭詩〉和前輯的傑瑞爾〈機腹槍手之死〉，則在悼詩中揭露戰火無情，以凝練的詩句傳達出反戰的思想。

牧歌一：達夫尼之戀

西奧克里特斯

Idyll 1: The Passion of Daphnis[8] *(300 B.C.)*

豺狗狂嗥，狼群咆哮，為達夫尼哀悼。
獅子在森林深處流下了淚水，
成群的牛兒看著達夫尼垂危，
公牛、母牛、小牛在他腳邊下跪。

「刺藤啊、荊棘啊，開出紫羅蘭吧！
天翻吧、地覆吧，達夫尼不活啦。
帶刺的杜松，請開出嬌柔的水仙。
蒼松啊，結滿一樹梨子吧！牡鹿呀，追著獵狗跑
吧。
夜鶯吶，請聽聽鳴角鴞哭嚎吧。」

---

8 本詩原為希臘文，此處由 Anna Rist 英譯。

達夫尼靜默，愛神使勁攙扶，
命運女神的紡線只剩下線頭。
達夫尼倒向水邊，任憑流水輕拂
鬱鬱寡歡的繆思之子、山林女神的失散之友。

Jackals and wolves howled their lament for Daphnis.

The lion wept in its forest-bound retreat.

Many the cattle that watched about him dying,

The bulls and cows and calves couched at his feet.

"Bear violets now, you bramble-bushes and thornetrees,

Let the world turn cross-natured, since Daphnis dies.

Let the prickly juniper bloom with soft narcissus,

The pine be weighed with pears. Let the stag hunt the hounds,

Let the nightingale attend to the screech-owl's cries."

He said nothing more. Aphrodite struggled to raise him,

But the thread allowed by the Fates had run to its end.

Daphnis drew near the water and the current took him,

Unhappy child of the Muses, the Nymphs' lost friend.

情到深處，便是死亡之始

　　愛與死，是人生的兩大課題，也是古今中外文學作品的永恆主題。這首古老的希臘牧歌描述美少年達夫尼為愛而死。根據西西里鄉野傳說，達夫尼的父親是宙斯的使神荷米斯，母親是居於山林水澤的仙女，達夫尼出生不久後便被拋棄在俗名達夫尼（Daphne）的月桂樹下，因此得名。達夫尼生長在山林之間，擅長吹奏牧笛，以牧牛維生，並與水神（Nymph）相戀，小倆口許下海誓山盟，因此惹來情慾之神愛洛斯（Eros）不悅。愛洛斯迫使達夫尼對人間少女慾火焚身，一日喝醉，少女勾引得逞，達夫尼酒醒後懊悔不已，情慾之神卻依舊逼迫不休，達夫尼誓死抵抗，從此憔悴垂危，最後溺水而死，把愛還諸天地。

　　〈達夫尼之戀〉原詩共十四節，起句便是達夫尼情殤，接續七節神祇接踵而至，在一問一答間揭露達夫尼與情慾之神抗衡至死的來龍去脈。此處譯出第二、十三、十四節。這位美少年曾動過真情深深愛過，也曾被情慾狠狠燒過，熾烈的愛領著他升上了天堂又墜入了地獄，當這樣的愛逝去了，只剩下死神的擁抱能重溫同樣的熾熱，這正是殉情的誘惑。

情到深處，唯有死亡能讓愛情停留在最美的模樣。詩人西奧克里特斯筆觸溫柔，讓這樣的深情少年喪生在一片有情天地。達夫尼臨終前與牧人、山川、鳥獸訣別，一時間花木含悲、天地變色，詩人賦予自然萬物悲憫之情，感傷達夫尼的愛情悲劇，此一鋪敘筆法為詩家沿襲，成為牧野輓歌的成規。達夫尼最終倒在愛神的懷裡，這或許是最溫柔的包容，也是最浪漫的永恆。

詩家以古諷今

　　這首著名的輓歌以樸實的牧野風光為背景，實際上卻是作於喧囂紛亂的城市間。作者西奧克里特斯（Theocritus，ca. 300 B.C.-？）史稱「牧歌之父」（Father of Pastoral），西元前三百年出生在義大利西西里島最繁華的港都敘拉古，成年後先負笈東渡至希臘科斯島學醫，再南下埃及托勒密王國的首都亞歷山卓，進入托勒密二世的宮廷。

　　西奧克里特斯作詩之時，古希臘文明已由盛轉衰，來不及親眼目睹希臘史詩的壯闊與希臘悲劇的璀璨，倒是親歷了古希臘文明在地中海沿岸的遺緒。西氏的家鄉義大利西西里島是古希臘殖民地，島上的希臘人大多來自伯羅奔尼撒半島中部的阿卡迪，居民大多講多利克希臘語（Doric Dialect）。西氏以多利克希臘語賦詩，以

希臘史詩六步格（hexameter）為格律，並援引希臘神話營造遙遠神秘的浪漫氛圍。

　　西氏的牧歌多作於異鄉，以家鄉話——多利克希臘語——寫詩給其他流落異鄉的希臘人看，懷鄉之情不時見諸筆端，其筆下的牧野美景及牧人情懷，與詩人所在的大城喧囂與宮廷紛雜形成對比。這首〈達夫尼之戀〉一往情深，達夫尼為忠於摯愛，不惜與情慾之神相抗衡，抵抗濫情雜交的驅使，終至情衰氣竭，以此對照托勒密王朝的宮廷——托勒密二世廢黜元配、續娶其姊，兩相對比，格外諷刺。

—— ｛文學一瞬｝ ——

　　西奧克里特斯是歐洲牧歌詩體的開創者，其《牧歌》詩集收錄 30 首詩，其中八首（1、3、4、5、6、7、10、11）為典型牧歌（bucolic idylls），內容以原野為背景、以牧人為主角，詩中夾雜獨白或對話，並以失戀或悼亡為主題競唱，唱完則以牛羊、花果、碗盤作為贈品或獎品。西奧克里特斯在牧歌作品裡創造了形象鮮明的牧羊人，一再為後世詩人沿用並轉化，例如羅馬詩人維吉爾（Virgil）的〈牧歌五〉（Eclogue V）承襲自西氏〈牧歌一〉的達夫尼輓歌，但在情節上刪去達夫尼殉情，反而添上達夫尼伏虎御車，藉以影涉英武的凱撒（Julius Caesar）遇刺，詩末達夫尼昇天成為護佑百姓的神祇，山川與牛羊載歌載舞迎接新神，讓原本浪漫哀怨的希臘牧歌成為讚美羅馬君王的政治寓言，而這種神化（apotheosis）的結尾亦成為牧野輓歌的新成規，密爾頓的〈李希達〉（參考頁 117）、雪萊的〈艾朵尼〉（參考頁 137）皆如此收尾。

悼已故名將諷諭詩

綏夫特

A Satirical Elegy on the Death
of a Late Famous General (1722)

「公爵大人！怎麼會！死啦！

還安享天年、壽終正寢吶！

堂堂武夫怎麼可能就這樣殞落？

而且還死得這樣難看，像話嗎？

哎，反正都死了，管他怎麼死，

這最後的號角總該吵醒他了；

相信我，等這號角越吹越響，

看他會不會多賴一會兒床。

話說他真的那麼大年紀呀？

真的跟報紙說的一樣老嗎？

我說花甲之年就夠老啦，

他有良心的話早該死啦！

他拖累這世界也拖累得真夠久；

非要把生命之燭都燃盡才肯走；
有人說他就是連燭芯都要燒，
身後才會臭氣沖天到這地步。
瞧，他的送葬隊伍來了──
不聞寡婦嘆，不見孤兒哭，
這些人被他害得撕心裂肺，
哪裡還有心幫他扶柩歸籍？
但他朋友大概不以為意，
說他生前多麼風光得意。
是啊，為了面子為了利益，
害孤兒寡母掉了多少眼淚。
來吧！你們這些浮名虛利！
你們這些仰仗國王鼻息的、
順著國勢載沉載浮的空沫；
來吧！來看看你的命運！
讓這呵叱教訓你的面子，
公爵是什麼下流東西！
拋開了得來不義的風光，
從污泥來就歸入污泥去。」

His Grace! impossible! what dead!
Of old age too, and in his bed!

And could that mighty warrior fall,

And so inglorious, after all?

Well, since he's gone, no matter how,

The last loud trump must wake him now;

And, trust me, as the noise grows stronger,

He'd wish to sleep a little longer.

And could he be indeed so old

As by the newspapers we're told?

Threescore, I think, is pretty high;

'Twas time in conscience he should die!

This world he cumber'd long enough;

He burnt his candle to the snuff;

And that's the reason, some folks think,

He left behind so great a stink.

Behold his funeral appears,

Nor widows' sighs, nor orphans' tears,

Wont at such times each heart to pierce,

Attend the progress of his hearse.

But what of that? his friends may say,

He had those honours in his day.

True to his profit and his pride,

He made them weep before he died.

Come hither, all ye empty things!

Ye bubbles rais'd by breath of kings!

Who float upon the tide of state;

Come hither, and behold your fate!

Let pride be taught by this rebuke,

How very mean a thing's a duke;

From all his ill-got honours flung,

Turn'd to that dirt from whence he sprung.

【作品賞析】

大逆不道的悼亡詩

悼亡詩多半用來表達對死者的哀痛之思，內容多為抒情而非敘事。這首〈悼已故名將諷諭詩〉顯然打破成規，全詩非但不見絲毫悲痛，而且場景與敘事者俱全。

敘事者得知了馬伯樂公爵的死訊，跑到倫敦街頭來看出殯隊伍，途中正好撞見友人，於是有了這一大段獨白。全詩為英雄雙行體（heroic couplet），每兩行押一個韻，開頭六行對於這位英雄安享天年深表不以為然，接續兩行的號角聲響，表示馬伯樂公爵已從人生戰場前往冥界等待最後審判，審判前以號角聲喚醒亡靈，宣判

死者將上天堂或下地獄。敘事者說公爵大人聽到號角聲響會想賴床，暗示公爵因自知要下地獄而有意拖延，下文則細數公爵的罪狀，認為公爵引發戰火燒盡民脂民膏，導致妻離子散、家破人亡，孤兒寡母因此無心替公爵扶柩。詩末八行則為公爵召魂——敘事者看見公爵的靈車駛來，高喊「來吧！」、「來吧！」，將這位追逐浮名虛利的罪人召進地獄。

勢不兩立的政敵

詩中的「公爵大人」是第一任馬伯樂公爵（1st Duke of Marlborough）約翰・邱吉爾（John Churchill），而敘事者則是作者綏夫特（Jonathan Swift，1667-1745）的化身。馬伯樂公爵由於戰功彪炳在朝野如日中天，與對外政策主和的綏夫特勢不兩立。綏夫特批評馬伯樂公爵發戰爭財、故意拖延戰事以自肥。1722 年，馬伯樂公爵逝世，享年 72 歲，綏夫特作了這首「哀歌」，譏刺這位「已故名將」竟然壽終正寢而非戰死沙場。

砲火猛烈的教堂總鐸

英國作家綏夫特以小說《格理弗遊記》（*Gulliver's Travels*）傳世，但早年綏夫特其實以詩人自許，中年後

常常寫諷刺詩譏刺時政，包括這首〈悼已故名將諷諭詩〉。綏夫特出生於愛爾蘭都柏林，1686 年於愛爾蘭最高學府三一學院取得學士學位，後因時局動盪前往英格蘭，在家族世交田波爵士的摩爾莊園擔任秘書，因此有機會接觸文壇和政壇，並於 1692 年獲得牛津大學碩士學位。

綏夫特原本有機會謀得上流教區的神職，卻因 1704 年出版《桶的故事》（*A Tale of Tub*）批評天主教和新教而得罪當局，故遲遲未能如願獲得任命留在英格蘭發展，因此，綏夫特於 1714 年返回都柏林擔任聖帕提克大教堂總鐸，直到 1745 年去世。綏夫特目睹愛爾蘭在政治、經濟各方面飽受英格蘭壓榨，導致大城小鎮和各地偏鄉都民不聊生，因而發表詩文為民請命，抨擊政治壓迫、經濟剝削、社會不公，《格理弗遊記》和〈悼已故名將諷諭詩〉便是作於這段時期。綏夫特死於任上，遺產三分之一用於設立聖帕提克醫院（St Patrick's Hospital），至今仍然在原址營運，是愛爾蘭最著名的醫院。

———— {文學一瞬} ————

〈悼已故名將諷諭詩〉中的約翰・邱吉爾，其宅邸布倫海姆宮（Blenheim Palace）至今仍是遊人參訪的名勝，這在英國是絕無僅有的案例，因為通常只有王室建築才能以「宮殿」（palace）命名，可見約翰・邱吉爾當年多麼炙手可熱。1704 年，約翰・邱吉爾統帥英軍在今日德國的布倫海姆戰役擊退法軍，安妮女王為了表揚其功勳，將邱吉爾封為馬伯樂公爵，並將年久失修的王室莊園賜予他，提供資金讓他在此修建華美宅邸。1722年，馬伯樂公爵在這幢奢華的宮殿中病逝，一百多年後，英國首相邱吉爾在此誕生。1950 年起，布倫海姆宮對外開放，成為《唐頓莊園》（*Downton Abbey*）和《哈利波特》（*Harry Potter*）的取景地。

化悲痛為永恆的稱頌

船長！我的船長！

惠特曼

O Captain! My Captain! (1865)

船長！我的船長！險惡的旅程已到盡頭，
我們挺過了風暴，尋求的獎賞已經得手，
海港近了，鐘聲響了，歡欣者眉飛色舞，
目迎這堅實的舳艫，多決絕，多威武；
但心啊！心啊！心啊！
滴滴的鮮血紅紅地流，
在甲板上躺著我的船長，
身已冷，壽已終。

船長！我的船長！起來吧！起來聽鐘聲悠遠；
起來吧！起來看旌旗招展、聽那號角聲顛，
花束給你、彩帶和花環給你、港邊擁擠為你、
歡呼為你、人潮洶湧為你、萬頭攢動為你；
這兒，船長！我的爸爸！

躺在我的臂彎吧！
甲板上的一切都是夢──
你身已冷，壽已終。

我的船長一聲不響，慘白的嘴唇一絲不動，
沒了意念沒了脈搏，無知無覺枕在我的懷中，
我們的船安抵港灣，在航程的終點下錨繫纜，
滿載著一船的獎賞，從險惡的旅程凱旋歸返，
歡呼吧，海港！響徹吧，洪鐘！
我悲切的步伐沉沉
走過橫躺船長的甲板，
身已冷，壽已終。

O Captain! my Captain! our fearful
    trip is done,
The ship has weather'd every rack, the
    prize we sought is won,
The port is near, the bells I hear, the
    people all exulting,
While follow eyes the steady keel, the
    vessel grim and daring;
But O heart! heart! heart!

O the bleeding drops of red,

    Where on the deck my Captain lies,

    Fallen cold and dead.

O Captain! my Captain! rise up and

    hear the bells;

Rise up--for you the flag is flung--for

    you the bugle trills,

For you bouquets and ribbon'd

    wreaths--for you the shores a-crowding,

For you they call, the swaying mass,

    their eager faces turning;

      Here Captain! dear father!

       This arm beneath your head!

        It is some dream that on the deck,

        You've fallen cold and dead.

My Captain does not answer, his lips

    are pale and still,

My father does not feel my arm, he

    has no pulse nor will,

The ship is anchor'd safe and sound,

    its voyage closed and done,

From fearful trip the victor ship

　comes in with object won;

　　Exult O shores, and ring O bells!

　　But I with mournful tread,

　　　Walk the deck my Captain lies,

　　　Fallen cold and dead.

【作品賞析】

死亡在航程的盡頭守候

〈船長！我的船長！〉這首詩作於南北戰爭尾聲，北軍在林肯總統的帶領下渡過重重難關，歡喜迎來南方主將的降書，雖然南軍潰敗指日可待，可是對於林肯總統而言，等在這段航程盡頭的不是勝利，而是死亡。收到降書五天後，林肯總統遇刺身亡，這天正是耶穌受難日，詩人惠特曼（Walt Whitman，1819-1892）聲聲呼喚「船長！我的船長」，既喊出了不捨，也喊出了豪壯。

〈船長！我的船長！〉共三節，每節八行，都是前四行長、後四行短，長四行讀來歡快明朗，詩人重複「獎賞」、「凱旋」等字眼，營造「旌旗招展」、「號角聲顫」等意象，渲染出迎勝利、慶奏捷的熱鬧喧闐，與短四行

的孤寂悲涼形成鮮明對比，短四行中「鮮血紅紅」、「步伐沉沉」，詩人攙起倒在血泊中的船長，內心由衷希望「甲板上的一切都是夢」，但每一節仍舊收在「身已冷，壽已終」，其中第一節的「身已冷，壽已終」是驚詫心痛，第二節的是不可置信，第三節的是黯然消受，正反映出詩人驚聞死訊後的心情轉折。

美國政壇與文壇雙雄

美國詩人惠特曼出身寒微，只受過六年正規教育，一生歌頌人權、民主、自然，支持林肯解放廢奴、反對南北分裂。南北戰爭期間，惠特曼在華盛頓政府部門兼差當職工，利用公餘到傷兵醫院照護病患、替命懸一線的戰士代筆家書。林肯生前很欣賞惠特曼，對惠特曼的詩集《草葉集》（*Leaves of Grass*，1855）愛不釋手，惠特曼也很景仰林肯，因此進入美國聯邦政府兼職，親眼目睹衣著樸實的林肯總統辛勤辦公，深為總統的親民作風所感動。

林肯遇害後，惠特曼先後寫了四首輓歌，除了最有名的〈船長！我的船長！〉，還包括〈今天軍營靜悄悄〉（"Hush'd Be the Camps To-day"，1865）、〈上回紫丁香在庭前綻放之時〉（"When Lilacs Last In The Dooryard Bloom'd"，1865）、〈這塵土曾是那人〉（"This Dust

Was Once the Man", 1871）。這些詩既沒有對林肯指名道姓，也沒有對刺客嚴加譴責，其內容跨越了政治的藩籬、消弭了輓歌與頌歌的分野，化短暫的悲痛為永恆的稱頌，讓林肯雖死猶生。

　　〈船長！我的船長！〉承載著泰山之頹和詩壇春雷，對美國文化影響深遠，透過美國影星羅賓・威廉斯（Robin Williams）在電影《春風化雨》（*Dead Poets Society*，1989）中的朗誦，惠特曼心中的船長航向了更多觀眾的心中。羅賓・威廉斯在電影中飾演傳統明星高中的英文老師，開學第一天就引用惠特曼的詩句「船長！我的船長！」，以此鼓勵學生稱他為「船長」而非老師，他帶領學生掙脫教科書的詮釋，以自由的心靈徜徉詩海，大膽的作風導致他被學校辭退。離校那一天，受其啟發的學生站上桌子高喊「船長！我的船長！」向其致敬，成為電影中最動人的一幕。

● 延伸聆賞
〈船長！我的船長！〉電影朗讀版

—— {文學一瞬} ——

　　惠特曼享有「美國民族詩人」的美譽，他的自由詩
（free verse）打破英國詩歌嚴謹的格律限制，以磅礴的
詩句開闢美國詩歌的疆域，在內容上充分展現對美國風
土人情的熱愛，謳歌美國的自由與民主，〈橫渡布魯克
林渡口〉（"Crossing Brooklyn Ferry"，1856）、〈曼哈
頓街頭漫步・沈思〉（"Manhattan's Streets I Saunter'd,
Pondering"，1867）則以紐約街景入詩，展現美國文化
的在地色彩，代表了不同歐洲舊世界的美國之聲。

行禮永訣

史文朋

Ave Atque Vale (1867)

足夠了；末尾與起首
合一於你越過了盡頭。
喔，手鬆了無牽掛的朋友，
沒有果實可採，沒有棕櫚可摘，
沒有勝利沒有勞苦沒有情慾，
只有枯死的紫杉葉和一粒塵埃。
喔，安靜的眼底光明無語，
白天啞了，沒有黑夜
能用隱微的手指沉默你的見解，
乍現的靈魂不在言語裡冒出想法，
睡吧，為了光明睡吧。

It is enough; the end and the beginning

Are one thing to thee, who art past the end.

O hand unclasped of unbeholden friend,

For thee no fruits to pluck, no palms for winning,

No triumph and no labour and no lust,

Only dead yew-leaves and a little dust.

O quiet eyes wherein the light saith nought,

Whereto the day is dumb, nor any night

With obscure finger silences your sight,

Nor in your speech the sudden soul speaks thought,

Sleep, and have sleep for light.

【作品賞析】

詩苑裡的異卉奇葩

史文朋（Algernon Charles Swinburne，1837-1909）用這首〈行禮永訣〉哀悼法國詩人波特萊爾（Charles Pierre Baudelaire，1821-1867），全詩共 18 節，每節 11 行，此處僅譯出第五節。作品敘說波特萊爾的筆花在超越生死後迎來光明，《惡之華》這朵頹廢之花終於在生命凋零後綻放

正詩之前先節錄了波特萊爾成名作《惡之華》（*Les*

Fleurs du Mal）第二章「巴黎寫景」的第 15 首〈你曾嫉妒的那個好心的女傭人〉：

Nous devrions pourtant lui porter quelques fleurs;
Les morts, les pauvres morts, ont de grandes douleurs,
Et quand Octobre souffle, émondeur des vieux arbres,
Son vent mélancolique à l'entour de leurs marbres,
Certe, ils doivent trouver les vivants bien ingrats.

我們應該給她獻上些花束，
啊，可憐的死者都有莫大痛苦，
當十月，老樹的修剪者，吹著
陰鬱的風，在大理石墓碑四周，
他們一定會認為生者最是忘恩[9]。

在這首引詩之後，史文朋接過詩筆，順著「我們應該給她獻上些花束」這一句，在〈行禮永訣〉開頭第一句問波特萊爾：「該灑玫瑰、芸香還是月桂呢／哥，你這遮蔭上要灑哪個？」

在形式上，〈行禮永訣〉依循牧野輓歌成規，例

---

9 出自杜國清（譯）（2016）惡之華。臺北：國立臺灣大學出版中心。頁 188。

如正詩之前引用波特萊爾的詩句，宛若傳統牧歌詩人向繆思乞靈賦詩，藉以暗指史文朋視波特萊爾為靈思來源。接著史文朋與波特萊爾稱兄道弟，旨在點明兩人的情誼，首句提及的「玫瑰」、「芸香」、「月桂」則引用牧歌典故——玫瑰是緘默之神（Harpocrates）與丘比特之間的約定，代表守護名聲，芸香既是「恩典香草」（herb of grace）亦是懊悔的象徵，太陽神鍾愛的月桂則表示詩歌靈感，史文朋藉這三種花點題，一則借此詩懊悔詩苑痛失奇花，二則感念波特萊爾的詩恩啟發無數詩人，三則盼這首〈行禮永訣〉能守護波特萊爾的詩名。

頹廢之花的凋零與綻放

波特萊爾的《惡之華》書寫巴黎的乞丐、妓女、屍體、垃圾，這些景象宛若街頭的病弱之花，盛開著法國大革命後的殘破與頹廢，1857 年一出版便飽受抨擊，其中六首後來還遭禁。1862 年，史文朋不顧當時英國文壇對外國文學的疑忌，執起如椽大筆將波特萊爾的《惡之華》介紹給英國讀者，率先給予波特萊爾正面評價。

由於《惡之華》評價兩極，波特萊爾的大半詩稿生前都無緣面世，詩人於 1866 年罹患失語症，此後半身不遂，1867 年病逝於巴黎。史文朋聽聞凶信，便借用古羅馬詩人卡圖盧斯（Gaius Valerius Catullus）悼念兄長的

拉丁文詩歌為詩題，卡圖盧斯在詩中稱其兄長為「沈默的塵土」（mute ashes），並在詩末與他「行禮永訣」（ave atque vale），史文朋引用這句拉丁文名句寫了這首悼詩，順勢稱無緣謀面的波特萊爾一聲「哥」。

因為波特萊爾，史文朋開始潛心寫詩，並刻意挑揀禁忌題材入詩，包括女女戀、性虐戀、反神論等，成名作《詩歌集》（*Poems and Ballads*，1866）一出版便飽受爭議，掀起不亞於《惡之華》的軒然大波。史文朋和波特萊爾都是詩苑裡的異卉奇葩，他們趕在潮流來臨之前綻放，文采芬芳，等待後世欣賞。

───── {文學一瞬} ─────

　　史文朋生平寫過悼詩無數，尤其以這首〈行禮永訣〉
下筆時最為慎重，自許要與密爾頓〈李希達〉、雪萊〈艾
朵尼〉、阿諾德的〈瑟西士〉並稱於世，全詩寫就後果
真名列英文四大悼詩。〈行禮永訣〉不只守護了波特萊
爾的詩名，更讓《惡之華》在英美文壇大放異采，前後
共計 20 餘種英譯本問世。波特萊爾啟迪了史文朋，史
文朋發揚了波特萊爾，成就了一段文壇佳話。

追思戰爭英雄

走嘍

賴利

Away (1884)

我無法說，也不會說
他死了——他只是走嘍！

明朗一笑，揮一揮手，
閑步踏入未知的國度，

留下我們想著那裡到底有多美
一定很美，否則他何必徘徊。

而你呀你呀你，最最奢望
曩昔的跫音和歡聚的時光——

想像他去旅行吧，親愛地
愛著那裡也愛著這裡；

忠誠地，使出全力
一次次打擊強敵。

溫柔地同時也勇敢地——
付出生命中最甜的愛

給簡單的事——：在紫羅蘭藍得像
藍似紫羅蘭的藍眼睛的地方

他雙手的溫熱眷戀著
虔敬地，雙唇也祝禱著：

唧唧喳喳的棕色小畫眉，
在他眼裡與嘲鶇一般珍貴；

他的憐憫之心如同受苦之人
同情著被雨濕透的蜷曲蜜蜂——。

想像他一如既往，我說：
他沒有死——他只是走嘍！

I cannot say, and I will not say
That he is dead- . He is just away!

With a cheery smile, and a wave of the hand
He has wandered into an unknown land,

And left us dreaming how very fair
It needs must be, since he lingers there.

And you- O you, who the wildest yearn
For the old-time step and the glad return- ,

Think of him faring on, as dear
In the love of There as the love of Here;

And loyal still, as he gave the blows
Of his warrior-strength to his country's foes- .

Mild and gentle, as he was brave- ,
When the sweetest love of his life he gave

To simple things- : Where the violets grew
Blue as the eyes they were likened to,

The touches of his hands have strayed

As reverently as his lips have prayed:

When the little brown thrush that harshly chirred

Was dear to him as the mocking-bird;

And he pitied as much as a man in pain

A writhing honey-bee wet with rain- .

Think of him still as the same, I say:

He is not dead- he is just away!

【作品賞析】

斜槓青年出頭天

創作本詩的賴利（James Whitcomb Riley，1849–1916），是靠巡迴吟詩發跡的詩人。他出身印第安那州，父親是律師兼州議員，幼時家室富足，不料南北戰爭爆發，父親參戰掛彩導致半身不遂，家中頓失經濟支柱。賴利因而離家謀生，先是兜售《聖經》，接著拜師學了手繪招牌，出師後靠寫詩招攬生意，同時參加劇團演出

賺點外快，冬季生意清淡時便寫詩投稿《印第安納波利斯鏡報》，共計刊出詩作 20 多首，堪稱現代斜槓青年楷模。

賴利 20 多歲時立志以寫作為業，並將詩稿寄給名詩人郎費羅（Henry Wadsworth Longfellow）賜教。郎費羅回信稱其詩作展現「詩才與詩思」，賴利樂得將這封回信連同多篇詩作寄給當地報刊雜誌登載，從而奠定他在印第安納州的文名。

賴利決心進軍美國東部文壇，但詩作卻屢遭退稿，他認為這並非自己才氣不足，而是名聲不夠響亮，因此，他模仿愛倫坡的文筆化名投稿《科科莫快報》，並謊稱該詩是愛倫坡的遺稿，想看看能否吸引美東各大報紙競相刊載，沒想到不但被資深編輯看破手腳，還慘遭《科科莫論壇報》刊文爆料，賴利因此斯文掃地，報刊雜誌再也不願刊登其詩作。

眼看出版行不通，賴利重回吟遊詩人的老本行，加入印第安那州的巡迴演講團朗誦自己的詩作。賴利的朗讀聲情並茂，觀眾緣極佳，他於 1882 年受邀到美東巡演，並在開演前與郎費羅碰面，郎費羅鼓勵他專心寫詩，並指點他朗誦技巧，讓他在巡演第一站波士頓便贏得滿堂喝彩，各大報紙都刊出其演出盛況。靠著巡迴吟詩，賴利詩名滿天下。

美國的桂冠詩人

　　賴利成名之時，正是父執輩凋零之日，這首〈走嘍〉，悼念的是美國南北戰爭期間，印第安納州的副官長兼州長秘書泰瑞爾（William Henry Harrison Terrell）。賴利描繪出泰瑞爾保衛家園的赤膽忠心，及民胞物與的惻隱之心，而那輕輕一聲「走嘍」，令泰瑞爾瀟灑樂觀的形象永遠留在後代心裡。

　　這時期的賴利創作了大量追憶親友的悼詩，並開始受邀至華盛頓於國殤日（Decoration Day）公開演講並朗誦詩作，藉此追思為國捐軀的戰爭英雄，報章雜誌因此稱他為「國民詩人」或「美國的桂冠詩人」。賴利因此詩名鼎盛，常春藤名校以他的詩作為文學教材，耶魯大學、賓州大學、印第安納大學相繼授與他榮譽學位，賴利於 1914 年親自編妥作品全集共 16 冊出版，是少數生前便譽滿寰中的幸運詩人。

▶ **延伸聆賞**
〈走嘍〉男中音演唱版

—— {文學一瞬} ——

　　賴利的美東巡演轟動全國，演出結束後便趁勢出版首部詩集《老戲水池及其餘詩作十一首》（*The Old Swimmin'-Hole and 'Leven More Poems*，1883），詩中描繪的鄉村風景備受讀者讚譽，一年內再版兩次。賴利因此打鐵趁熱，以家鄉風光和童年回憶入詩，成名作〈小孤女安妮〉（"Little Orphant Annie"，1885）描述南北戰爭時家中收留的小孤女「艾妮」（Allie），但付梓時遭排版工誤植為「安妮」，詩人倒也將錯就錯、從諫如流。

死亡沒什麼大不了

霍蘭德

Death Is Nothing at All (1910)

死亡沒什麼大不了。
算不得什麼。
我只是溜去隔壁房間。
什麼事也沒有。

一切如常，
你還是你，我還是我，
我們親暱共度的日子依舊。
我中有你，你中有我。

請用暱稱呼喚我。
像平常那樣叨念我。
別換了個語調。
別故作正經強作哀傷。

哈，開我們以前最愛的玩笑吧。
鬧吧，笑吧，要想我，要為我禱告。
讓屋裡響起我的名字。
瀟灑自在，不帶一絲陰霾。

生活的意義如故。
日常如故。
從過去延續到現在。
死亡不就是藐小的插曲嗎？

為何見不到面就忘了我？
我只是在等你，
在好近好近的地方，
在下一個轉角。

一切都好。
沒有受傷；沒有缺少。
片刻過後一如既往。
我們重逢時該笑離別多令人惱！

Death is nothing at all.

It does not count.

I have only slipped away into the next room.

Nothing has happened.

Everything remains exactly as it was.

I am I, and you are you,

and the old life that we lived so fondly together is untouched, unchanged.

Whatever we were to each other, that we are still.

Call me by the old familiar name.

Speak of me in the easy way which you always used.

Put no difference into your tone.

Wear no forced air of solemnity or sorrow.

Laugh as we always laughed at the little jokes that we enjoyed together.

Play, smile, think of me, pray for me.

Let my name be ever the household word that it always was.

Let it be spoken without an effort, without the ghost of a shadow upon it.

Life means all that it ever meant.

It is the same as it ever was.

There is absolute and unbroken continuity.

What is this death but a negligible accident?

Why should I be out of mind because I am out of sight?

I am but waiting for you, for an interval,

somewhere very near,

just round the corner.

All is well.

Nothing is hurt; nothing is lost.

One brief moment and all will be as it was before.

How we shall laugh at the trouble of parting when we meet again!

【作品賞析】

從王室佈道文流傳為民間詩歌

〈死亡沒什麼大不了〉原先並非一首詩,而是長篇佈道文的片段。作者霍蘭德(Henry Scott-Holland,1847-1918)是牛津大學御設神學講座教授。1910 年 5

月 6 日，英王愛德華七世駕崩，霍蘭德銜命在遺體瞻仰儀式之前講道，時間選在 5 月 15 日聖靈降臨節，地點在倫敦聖保羅大教堂。

這篇王室佈道文名為〈驚嚇的王〉（ "The King of Terrors"），典出《聖經・約伯記》。原典將「死亡」擬人化為「驚嚇的王」，痛陳不識神者下場唯有一死，霍蘭德以此為題，在佈道文的第一節指出懼怕死亡是世人的天性，原因在於死亡讓人生的一切成為徒勞，並援引《聖經・傳道書》為證——「虛空的虛空・凡事都是虛空」。

這篇佈道文〈驚嚇的王〉，開頭是《聖經・約翰一書》的經文：「各位蒙愛的人哪，現在我們是神的兒女，將來會怎樣，尚未顯明。我們已經知道的是：基督顯現的時候，我們就會像他，因為我們將看見他的本相。每一個對基督懷有這盼望的，都會使自己純潔，正如基督是純潔的。」霍蘭德以這節經文應景聖靈降臨節，藉以指出神的兒女毋須懼怕死亡，並在佈道文的第二節指出死亡的另一面向：生者在瞻仰逝者安詳的遺容時，常會感覺到逝者在靜謐之中向生者吐露遺言，那平靜的面容彷彿在說：「死亡沒什麼大不了。算不得什麼。」這段佈道文字韻律鏗鏘又撫慰人心，流傳到民間傳鈔成詩，便以首句〈死亡沒什麼大不了〉為詩題，全詩以逝者的

口吻寬慰生者：死亡只是藐小的插曲，逝者只是先歸回天家，將來都會在天堂重逢。

無心插柳柳成蔭

霍蘭德以佈道文〈驚嚇的王〉點出凡人對死亡的兩種反應：一是對人生虛空的懼怕，二是對永生不朽的盼望，「死亡沒什麼大不了」只是全文其中一小段，用以排解世人對死亡的恐懼、加強信者對於永生的信念，藉此消弭人民對國王崩殂的驚懼，讓後續遺體瞻仰儀式順利進行。霍蘭德作為神職人員，這篇佈道文只是其司職，沒想到「死亡沒什麼大不了」這段文字深得人心，至今仍在無數喪禮和追思會上為後人朗誦，霍蘭德因此聞名，光芒甚至蓋過其神學成就。

霍蘭德是富商與貴族之後，在伊頓公學度過青春歲月，在牛津大學修習經學，畢業後成為牛津大學基督堂學院的導師，37 歲奉命擔任倫敦聖保羅大教堂教士。霍蘭德目睹社會不公、貧富不均，於 1889 年發起成立「基督徒社會聯盟」，推動以基督教義導正社經問題。1910年，他奉命擔任牛津大學御設神學講座教授，1915 年出版文集《一綑回憶》（*A Bunble of Memories*），共收錄文章 33 篇，並不包括〈驚嚇的王〉，更別提〈死亡沒什麼大不了〉，看來霍蘭德並不打算以這篇文字傳世。

正所謂無心插柳柳成蔭，如今《一綑回憶》的讀者屈指可數，〈死亡沒什麼大不了〉卻已走出基督教世界，以親切的文字打破教徒與異教徒之間的隔閡，讓哀悼者破涕為笑，領悟生死兩相安的豁達。

—— ｛文學一瞬｝ ——

日本插畫家高橋和枝在感動之餘，一則將此詩譯為日文，二則耗時兩年為每句詩句配上一幅插畫，成為繪本《再見之後》（さよならのあとで，2012），以溫柔的筆觸繼續陪伴世人行過死蔭的幽谷。

▶ 延伸聆賞
〈死亡沒什麼大不了〉英文朗讀版

憶舊

愛德華・湯瑪斯

In Memoriam (1915)

入夜林中花落重重

復活節季節又上心頭──他們

今已離家，早知便偕愛人

拾掇落花，卻不能夠。

The flowers left thick at nightfall in the wood

This Eastertide call into mind the men,

Now far from home, who, with their sweethearts, should

Have gathered them and will do never again.

【作品賞析】

詩中無戰事的戰爭詩人

湯瑪斯（Edward Thomas，1878-1917）是戰爭詩人，雖然只寫過一首表達反戰立場的戰爭詩〈這不是小是小非的事〉（"This is No Case of Petty Right or Wrong"），但戰爭的陰霾卻籠罩其多首詩作，譬如這首〈憶舊〉。

根據大英圖書館的手稿，〈憶舊〉原詩並無標題，湯瑪斯僅標示「6. IV. 15」，推測應是這首詩的創作日期：1915 年 4 月 6 日，正是第一次世界大戰爆發後第一個復活節。復活節象徵著重生與希望，紀念主耶穌被釘十字架三天之後復活升天，全詩第一句以花落夜林間塗抹出紅黑交錯的華美意象，宛如耶穌寶血流淌在十字架上，第二句點出此時正逢復活節季節，林間繁花錦簇，但卻杳無人煙，第三句則以「今已離家」暗指去年來林間尋花的青年已奔赴前線，全詩收在「卻不能夠」，一則影射這批青年已戰死沙場，呼應首句花落夜林間的凋零意象，二則意指人死不能復活，對比起眼前欣欣向榮的復活時節，顯得格外諷刺。

〈憶舊〉全詩沒有半個字與戰爭沾得上邊，但卻彷彿聽見戰鼓聲聲動地來。湯瑪斯寫完這首追憶前線戰士的悼詩後，便於同年 7 月投筆從戎，奔赴法國前線，來

到戰況最吃緊的西線，並於 1917 年復活節死於阿拉斯戰役，官拜少尉，得年 39 歲，還來不及看到〈憶舊〉收錄於《詩選集》（*Collected Poems*，1920）付梓，便成為自己哀悼的對象。

未行之路

湯瑪斯受徵召入伍時已經 35 歲，而且有妻室，育有一男二女，大可理直氣壯拒絕服役，之所以選擇從軍，還與美國大詩人佛洛斯特（Robert Frost）的名詩〈未行之路〉（"The Road Not Taken"，1915）頗有淵源。

湯瑪斯和佛洛斯特於 1913 年相識於倫敦時，兩人都尚未享有詩名。湯瑪斯雖然出過 12 本散文集、寫過兩千多篇評論，但卻從未提筆作詩；佛洛斯特則才剛賣掉在美國的農場、辭去教職，於 1912 年舉家遷移到英國，決定全力投入創作，首部詩集《少年的心願》（*A Boy's Will*）於 1913 年出版後，佛洛斯特便鼓勵湯瑪斯一起提筆寫詩，湯瑪斯這才正式進軍詩壇。

1914 年英國向德國宣戰時，湯瑪斯正在佛洛斯特的英國鄉間小屋閒坐，兩位詩人感情好，常在這附近的鄉野小徑散步，一邊討論要不要一塊到當時尚未參戰的美國避避烽火，兩人可以比鄰而居，一同耕作、一同賦詩，但優柔寡斷的湯瑪斯一直猶豫不決，佛洛斯特只好先行

返回美國。

　　1915年，佛洛斯特將新作〈未行之路〉寄給湯瑪斯，詩是這樣開頭的：「兩條路岔開在黃樹林裡／很遺憾我無法同時涉足」，詩人由景入理，點出歧路徬徨的人生處境，或許也有些揶揄好友舉棋不定的意思。然而，或許是湯瑪斯把這首詩看得太重，又或許是詩句觸動了湯瑪斯的心弦，佛洛斯特在成功說服湯瑪斯提筆賦詩後，再次讓湯瑪斯做出此生重要抉擇——從軍報國。

　　〈未行之路〉是這樣結尾的：「兩條路岔開在樹林裡，我／選了人跡較罕的那條路走／人生從此大不相同。」如果湯瑪斯當年拒絕投軍，選擇帶著妻小避居美國鄉間，不知是否會與佛洛斯特並列為英美詩壇雙碧？畢竟湯瑪斯1914年才開筆作詩，隔年便奔赴沙場，光憑生前出版的一部《六詩集》（*Six Poems*，1916）便已轟動文壇，身後則獲譽為英國重要詩人，名字銘刻在倫敦西敏寺的詩人角（Poets' Corner）上，與莎士比亞、拜倫、丁尼生、哈代等作家為伴。倘若湯瑪斯能躲過無情戰火，相信必定能在詩苑耕耘出另一番風景。

與死亡鬥爭的迴旋之舞

死亡賦格

策蘭

Death Fugue[10] (1944)

破曉的黑牛奶太陽下山我們喝
我們喝在中午在白天我們喝在黑夜
我們喝呀我們喝
我們掘墳掘在風裡躺下來多自在
一個男的住在屋裡玩蛇
他寫下
他寫下當薄暮落向德國妳的金髮
瑪格麗特
他寫下步出門外星光
燦爛口哨一吹喚出狼犬
口哨一吹喚出猶太在土裡掘
墳

10原詩名為 Todesfuge，此處為 Michael Hamburger 英譯本。

他下令我們奏樂跳舞

破曉的黑牛奶太陽下山我們喝你
我們喝你在中午在白天我們喝你
在日落
我們喝呀我們喝你
一個男的住在屋裡玩蛇
他寫下
他寫下當薄暮落向德國妳的金髮
瑪格麗特
妳的灰髮書拉密我們掘墳掘在風裡
躺下來多自在

他呼喝挖深一點你們那邊你們
幾個唱啊奏樂啊
他拔出腰帶上那鐵器揮舞他的
眼睛是藍色
挖深一點你們那邊用鐵鍬你們幾個奏樂啊
奏樂啊要伴舞

破曉的黑牛奶太陽下山我們喝你
我們喝你在中午在白天我們喝你
在日落

我們喝呀我們喝你
一個男的住在屋裡妳的金髮瑪格麗特
妳的灰髮書拉密他玩蛇
他呼喝甜蜜點彈奏死亡死亡是大師
從德國來
他呼喝陰沉點現在撥弦然後
如煙你升天
有一座墳在雲裡
躺下來多自在

破曉的黑牛奶我們喝你在黑夜
我們喝你在中午死亡是大師從德國來
我們喝你在日落在白天我們喝
呀我們喝你
死亡是大師從德國來他的眼睛是藍色
他攻擊你用鉛彈他瞄準
一個男的住在屋裡妳的金髮瑪格麗特
他放出狼犬撲向我們他贈與我們一座墳
在空中
他玩蛇呀他做夢死亡是大師
從德國來

妳的金髮瑪格麗特

妳的灰髮書拉密

Black milk of daybreak we drink it at sundown
we drink it at noon in the morning we drink it at night
we drink it and drink it
we dig a grave in the breezes there one lies unconfined
A man lives in the house he plays with the serpents
he writes
he writes when dusk falls to Germany your golden
hair Margarete
he writes it and steps out of doors and the stars are
flashing he whistles his pack out
he whistles his Jews out in earth has them dig for a
grave
he commands us strike up for the dance

Black milk of daybreak we drink you at night
we drink you in the morning at noon we drink you
at sundown
we drink and we drink you
A man lives in the house he plays with the serpents
he writes

he writes when dusk falls to Germany your golden hair
Margarete
your ashen hair Sulamith we dig a grave in the breezes
there one lies unconfined

He calls out jab deeper into the earth you lot you
others sing now and play
he grabs at the iron in his belt he waves it his
eyes are blue
jab deeper you lot with your spades you others play
on for the dance

Black milk of daybreak we drink you at night
we drink you at at noon in the morning we drink you
at sundown
we drink and we drink you
a man lives in the house your golden hair Margarete
your ashen hair Sulamith he plays with the serpents
He calls out more sweetly play death death is a master
from Germany
he calls out more darkly now stroke your strings then
as smoke you will rise into air
then a grave you will have in the clouds there one

lies unconfined

Black milk of daybreak we drink you at night
we drink you at noon death is a master from Germany
we drink you at sundown and in the morning we drink
and we drink you
death is a master from Germany his eyes are blue
he strikes you with leaden bullets his aim is true
a man lives in the house your golden hair Margarete
he sets his pack on to us he grants us a grave in
the air
He plays with the serpents and daydreams death is
a master from Germany

your golden hair Margarete
your ashen hair Shulamith

【作品賞析】

我的父母跳著死亡的探戈

〈死亡賦格〉原名〈死亡探戈〉（"Tangoul
Mor ii"），援引了中世紀「死亡之舞」的典故，由來自

德國的「死亡大師」，帶著掘墳的「猶太」在歌舞中走入死亡。「死亡之舞」原典中「人終須一死」的宗教思想貫穿全詩，成為〈死亡探戈〉的背景，前景則是「金髮瑪格麗特」與「灰髮書拉密」的並置與對立。

「瑪格麗特」代表德國浪漫主義中的理想女性，歌德詩劇《浮士德》中年輕貌美的女主角就叫「瑪格麗特」，「書拉密」則是猶太經典裡的黑美人，意指希伯來《聖經》〈雅歌〉（Song of Songs）中的完美女子。在〈死亡探戈〉裡，「瑪格麗特」和「死亡大師」是在屋裡玩蛇的「他」，「書拉密」和「猶太」則是在風裡、在雲裡躺下的「我們」，「他」和「我們」看似對立，卻又緊貼著彼此跳著死亡之舞，舞出德國人與猶太人的探戈——既相愛，又相殺。

像這樣的一首詩，或許只有策蘭（Paul Celan，1920-1970）寫得出。策蘭原名保羅·安策爾（Paul Antschel），雙親是猶太人，父親信奉錫安主義、支持猶太復國，早早就把策蘭送進猶太學校接受希伯來文教育；策蘭的母親則熱愛德國文學，堅持全家人在家裡必須說德語，德語因而成為策蘭的母語。策蘭的家在今日烏克蘭的切爾諾夫策，因此他自幼便精通德語、希伯來語、羅馬尼亞語。

二戰期間，羅馬尼亞王國與納粹德國結盟，開始在

境內迫害猶太人。策蘭的雙親於 1942 年 6 月 21 日被抓進集中營，跳著死亡的探戈走向生命的終點，策蘭則進入勞改營成為德軍的苦力，直到 1944 年 2 月蘇聯紅軍攻進切爾諾夫策，策蘭才重獲自由，但他的心卻永遠困在父母被抓走的那一晚，懷著滿心的愧疚寫下了〈死亡探戈〉。

從死亡探戈到死亡賦格

〈死亡探戈〉全詩分四段，每一段都以「破曉的黑牛奶」開頭，將孕育生命的「牛奶」化為死亡的象徵，生與死在「黑牛奶」裡交融，一如「金髮瑪格麗特」和「灰髮書拉密」在詩中交織、在詩末並置，代表德國的「金髮瑪格麗特」與代表猶太的「灰髮書拉密」看似一生一死，但在死亡之舞的典故裡，沒有人能逃過死亡的命運。

在現實中也是如此。德國最終戰亡了，猶太最終存活了。倖存的策蘭離開家鄉，前往羅馬尼亞首都布加勒斯特，與好友彼得‧索羅門（Petre Solomon）合作將〈死亡探戈〉譯為羅馬尼亞文，1947 年 5 月 2 日在布加勒斯特的《當代》（*Contemporanul*）雜誌上發表，這是他第一次使用「策蘭」這個筆名。

策蘭在布加勒斯特住了兩年，在共產政權羅馬尼亞

人民共和國成立後，策蘭再次踏上流亡之路，先在維也納落腳，出版首部德語詩集《骨灰甕之沙》（*Der Sand aus den Urnen*，1948），接著再赴巴黎定居，一邊在巴黎高等師範學院教授德國文學，一邊將波特萊爾、狄瑾遜、佛洛斯特的詩譯成德語，並於 1952 年發行第二部德語詩集《罌粟與記憶》（*Mohn und Gedaechtnis*），一舉奠定他在德語文壇的地位，因而受邀至柏林參加德語文壇組織「四七社」（Group 47）的年會，在會上朗誦了〈死亡賦格〉（"Todesfuge"），也就是德語版的〈死亡探戈〉。

—— ｛文學一瞬｝ ——

「賦格」（fugue）是一種樂曲形式，原意是「逃遁」，先由單一聲部演奏一段主旋律，接著其他聲部相繼模仿演奏這段主旋律的片段，從而形成迴環往復、前後呼應的效果。從羅馬尼亞語的〈死亡探戈〉到德語的〈死亡賦格〉，策蘭雖然逃遁出家鄉，卻始終在「破曉的黑牛奶我們喝」中日復一日，於 1970 年自沉於巴黎塞納河，留給後世九百餘首詩。

▶ **延伸聆賞**
〈死亡賦格〉德文朗讀版

附錄：詩作年代與影音列表

年代	作者	詩名	頁數	網路相關影音
西元前三世紀	西奧克里特斯	牧歌一：達夫尼之戀	231	
1602	莎士比亞	快來吧，死亡	025	英文演唱版
1609	鄧約翰	死神，別驕傲	030	英文演唱版
1638	密爾頓	李希達	117	英文朗讀版
1674	璜娜・茵內斯修女	悼念尊貴夫人	125	
1722	綏夫特	悼已故名將諷諭詩	237	
1742	湯馬士・格雷	悼理查・韋斯特十四行詩	131	
1773	妃麗絲・惠特禮	悼五歲的小淑女	167	
1789	威廉・布雷克	他人的悲慟	174	英文朗讀版
1798	威廉・華茲華斯	沉眠封存了我的靈魂	075	
1798	查爾斯・蘭姆	過往的熟面孔	182	
1813	歌德	死亡之舞	035	樂高版動畫短片
1818	約翰・濟慈	當我害怕	044	

年代	作者	詩名	頁數	網路相關影音
1821	雪萊	艾朵尼：悼念濟慈	137	英文朗讀版
1844	伊莉莎白·巴雷特·白朗寧	對孤獨以終的一點思索	142	
1848	克莉斯緹娜·羅塞蒂	歌	049	中文演唱版
1849	夏綠蒂·布朗忒	悼安妮·布朗忒	188	
1849	愛倫坡	安娜貝爾麗	079	英文朗讀版
1850	丁尼生	追憶哈倫	148	英文朗讀版
1863	狄瑾遜	因我無法為死神留步	055	英文朗讀版
1865	惠特曼	船長！我的船長！	244	電影朗讀版
1865	馬修·阿諾德	瑟西士	154	
1867	史文朋	行禮永訣	251	
1892	蕙樂	白色小靈車	194	

年代	作者	詩名	頁數	網路相關影音
1884	賴利	走嘍	257	男中音演唱版
1898	葉慈	他但願他的愛人死去	087	女高音演唱版
1907	里爾克	得知一椿死訊	200	
1910	霍蘭德	死亡沒什麼大不了	264	英文朗讀版
1913	龐德	艾歐妮，死了這漫長的年	092	合唱版
1915	愛德華・湯瑪斯	憶舊	271	
1917	哈代	石上的影子	097	英文朗讀版
1926	蒂絲黛兒	墓誌銘	061	
1928	懷麗	小哀歌	103	次女高音演唱版

年代	作者	詩名	頁數	網路相關影音
1932	瑪麗‧伊莉莎白‧弗萊	不要站在我的墳前哭泣	206	日文演唱版
1935	蓋斯特	我的孩子	212	英文朗讀版
1934	米蕾	童年是無人死去的王國	219	
1938	奧登	葬禮藍調	108	電影朗讀版
1940	羅卡	朦朧的死亡詩	066	西文朗讀版
1944	策蘭	死亡賦格	275	德文朗讀版
1945	傑瑞爾	機腹槍手之死	161	

死亡賦格：西洋經典悼亡詩選

編譯賞析　張綺容
美術設計　呂德芬
內頁構成　高巧怡
行銷企畫　駱漢琦、林芳如
行銷統籌　駱漢琦
業務發行　邱紹溢
業務統籌　郭其彬
行銷統籌　何維民
責任編輯　張貝雯
副總編輯　何維民
總　編　輯　李亞南

國家圖書館出版品預行編目資料

死亡賦格：西洋經典悼亡詩選／張綺容
譯著 . — 初版 . — 台北市 ：漫遊者文
化出版：大雁文化發行 , 2019.10
288 面 ； 13×21 公分
ISBN 978-986-489-363-8（精裝）
813.1　　　　　　　　　108016098

發 行 人　蘇拾平
出　　版　漫遊者文化事業股份有限公司
地　　址　台北市松山區復興北路三三一號四樓
電　　話　（02）27152022
傳　　真　（02）27152021
讀者服務信箱　service@azothbooks.com
漫遊者臉書　www.facebook.com/azothbooks.read
劃撥帳號　50022001
戶　　名　漫遊者文化事業股份有限公司
發　　行　大雁文化事業股份有限公司
地　　址　台北市松山區復興北路三三三號十一樓之四
初版一刷　2019 年 10 月
定　　價　台幣 390 元
ISBN　　978-986-489-363-8（精裝）